Katrin Hernandez
Geschichten aus dem Lockdown

AF219875

Lockdown, der: bezeichnet eine temporäre, staatlich angeordnete und durchgesetzte Quarantäne für die breite Bevölkerung mit Einschränkungen des öffentlichen Lebens. Durch die zeitweilige Begrenzung oder vollständige Aufhebung der Bewegungsfreiheit der Bevölkerung soll eine räumliche Distanzierung durchgesetzt werden, um die weitere Ausbreitung einer Infektionskrankheit zu verhindern und damit eine Epidemie oder Pandemie einzudämmen. Als konkrete Maßnahmen können zum Beispiel die Schließung von Geschäften, öffentlichen Einrichtungen, Versammlungsverbote oder Ausgangssperren erfolgen, gegebenenfalls in Verbindung mit der Ausrufung des Katastrophenfalls beziehungsweise Ausnahmezustands.

zitiert nach: Wikipedia (23. März 2021)

KATRIN
HERNANDEZ

Geschichten
AUS DEM
LOCK
DOWN

Bibliografische Information der Deutschen Nationalbibliothek: Die
Deutsche Nationalbibliothek verzeichnet diese Publikation in der
Deutschen Nationalbibliografie; detaillierte bibliografische Daten
sind im Internet über dnb.dnb.de abrufbar.

© 2022 Katrin Hernandez
Herstellung und Verlag: BoD – Books on Demand, Norderstedt
Umschlaggestaltung: www.schattmaier-design.com
Satz: www.schattmaier-design.com
Korrektorat: Sarah Messerschmidt

ISBN 978-3-755-75877-8

Dienstag, 9. Februar 2021

Offenbachstraße 9
90489 Nürnberg

Tür Nr. 1

Lena

Tap, tap, tap. Ich höre nackte Kinderfüße durch den Flur laufen. Meine Augen öffnen sich einen Spalt breit. Im Zimmer ist es noch dunkel, nur durch die Ritzen der Jalousie dringt etwas Licht und lässt die Umrisse der Einrichtung erahnen. Ich seufze. Schlafen – eine Stunde noch zumindest! Die Füßchen laufen laut hörbar wieder zurück und sagen mir, daraus wird nichts. Ich taste nach dem Wecker, der unter meinem Kopfkissen begraben liegt, damit ich nachts die Uhrzeit besser prüfen kann. Die Ziffern zeigen in grünen LED-Strichen 06:11 Uhr an. Das übliche Programm also.

Ich drehe meinen Kopf zur Seite. Halb unter der Bettdecke liegt das Baby und schläft noch. Klar, Mama nachts schön hart rannehmen und am Morgen dann ausschlafen ... Aber putzig, wie sie schläft und durch ihr kleines Näschen röchelt. Die Händchen sind über den Kopf gestreckt und sagen »Ich zahne, aber schau mal, wie süß ich bin!« Mutter Natur ist echt eine Nummer – wie soll man denn da noch sauer sein? Na gut, dann vergebe ich dir eben. Für heute Nacht und vorsichtshalber für morgen Nacht auch gleich.

Ich vergrabe mein Gesicht noch einmal kurz in dem warmen Kopfkissen, bevor ich mich durchringe, da rauszugehen und der Wahnsinn des Alltags uns allesamt packt. Hätte man mir vor einem Jahr gesagt, dass ich nach Weihnachten mit einem Kleinkind und einem Baby monatelang allein zu Hause bleiben würde, hätte ich wahrscheinlich gelacht. Dann hätte ich einen großen Koffer gepackt, den Adoptionsservice angerufen und ein One-Way-Ticket nach Maui gebucht. Vielleicht hätte ich auch noch ein Ticket für meinen Mann gekauft. Und das Baby mitgenommen. Wenn es nicht gerade zahnt und alles vollsabbert, ist es eigentlich recht niedlich. Am Strand von Maui hätte es mir sicher ein paar neidische Blicke eingebracht. Mit seiner rosaroten Schwimmwindel und seinen Speckröllchen sieht es ja echt zum Knutschen aus.

Bei mir ist das hingegen schon eine andere Nummer. Dreißig Jahre später will niemand mehr den Speck an deinem After-Baby-Body sehen. Und Rosa trägst du dann nur noch, wenn du farbenblind bist. Jetzt, wo ich so darüber nachdenke, kommt mir das ganz schön gemein vor.

Durch die Wand zum Wohnzimmer ist ein gedämpftes, schelmisches Kinderlachen zu hören und ich glaube, ich sollte jetzt langsam mal in die Gänge kommen. Ich schäle mich aus der Bettdecke und gehe zur Kommode, auf der meine Kleidung liegt. Unter einem Wust von gebrauchten Spucktüchern liegen frische Unterwäsche und meine rote Jogginghose. Das T-Shirt riecht nach den Fischstäbchen, die es gestern zum Abendessen gab, und weist ein paar Breiflecken auf. Für heute muss es allerdings noch reichen. Soweit ich mich erinnern kann, hat mein Kleiderschrank nicht mehr viele Reserven übrig.

Auf dem Weg ins Badezimmer geht das Nachtlicht an und wirft graue Schatten an die Wand. Autsch!

Ein stechender Schmerz fährt hoch bis zu meinen Hüften. Im Halbdunkel hat sich etwas Spitzes in meine Fußsohle gebohrt. Ich massiere mir den Fuß mit beiden Händen und entdecke am Boden einen hässlichen Playmobil-Wikinger. Ich fluche leise, schiebe ihn mit den Zehen zur Seite und nehme mir vor, heute Abend vor dem Zubettgehen gründlicher aufzuräumen.

Am Waschbecken vollziehe ich meine tägliche Katzenwäsche. Gesicht reinigen, Haare bürsten und zu einem Zopf binden. Etwas Deo auftragen. Zitronenduft, mmh! Passt herrlich zum Fischstäbchen-Geruch meines Shirts. Auf der Ablage stehen vier bunte Zahnbürsten in Plastikbechern und ebenso viele Sorten Zahnpasta. Mit Fluorid. Ohne Fluorid. Eine mit Erdbeer- und eine mit Kräutergeschmack. Um den Wasserhahn hat sich ein dicker Kalkring gebildet, den ich wie immer erfolgreich ignoriere. Ich gehe aufs Klo. Alleine, aber das wird sich bald ändern.

Das Geräusch der Klospülung hallt durch die noch stille Wohnung und begleitet mich auf der Suche nach Koffein in die Küche. Auf dem Weg dorthin achte ich auf heimtückisch am Boden platziertes Spielzeug. Mein Mann Martin ist bereits da und sitzt am Esstisch bei einer Schale Müsli und einer Tasse Filterkaffee.

»Guten Morgen!«, sage ich und drücke ihm einen flüchtigen Kuss auf den Mund.

»Guten Morgen zurück! Na, wie war die Nacht?«, erkundigt er sich.

»Frag nicht. Sie ist nach Mitternacht jede Stunde aufgewacht. Mindestens«, gähne ich und nehme mir aus der Vitrine die größte Kaffeetasse, die ich finden kann. Auf der Vorderseite steht ein Spruch in schwarzer Farbe: »Wer bin ich und wieso so früh?« Meine Schwester hat mir diese Tasse mit einem fiesen Grinsen kurz vor der Geburt unseres ersten Kindes geschenkt. Ich nehme die Kanne aus der Kaffeemaschine und schenke mir die noch vorhandene Flüssigkeit ein. Sie reicht nicht mal für die Hälfte der Tasse.

Ich nippe an dem warmen Kaffee und schaue nach draußen. Durch das Fenster zum Innenhof hin zeigt sich ein Stück grauer Himmel. Es regnet ganz leicht und das Thermometer zeigt vier Grad an. Mir scheint, Februar war schon immer der depressivste Monat des Jahres. Jetzt, wo noch dazu alles geschlossen hat und Maui nicht nur physisch ganz weit weg ist, kommt er mir noch trostloser vor.

Aus dem Lebensmittelschrank hole ich eine Schachtel Trockenfutter und leere etwas davon in den Futternapf neben dem Mülleimer. Da kommt auch schon Whiskey herein und streicht mir mit erhobenem Schwanz um die Beine.

»Na, gut geschlafen?«, frage ich. Whiskey schnuppert kurz an dem Futter, scheint aber nicht daran interessiert zu sein. Wahrscheinlich wartet sie lieber darauf, beim Babybrei mitessen zu dürfen. Sie hüpft auf die Tischbank, auf der mein Mann sitzt und klettert über seinen Schoß in die Babyschale, wo sie sich zusammenrollt.

»Hey!«, protestiert Martin. Ein Löffel glutenfreie Cornflakes ist auf seinem IPhone gelandet. Neben der Spüle reiße ich ein Stück Kleenex ab und reiche es ihm.

Hm, wo ist eigentlich mein Handy? Ich entdecke es auf dem Fenstersims zwischen zwei angetrockneten

Flamingoblumen. Offenbar habe ich gestern Abend vergessen, es auszumachen, denn das Display leuchtet mir bei der ersten Bewegung munter entgegen. Der Kalender meldet für heute zwei Einträge:

10:00 Uhr: Kindergarten – Morgenkreis
16:30 Uhr: Skypen mit Großeltern

»Oh Mann, heute ist wieder Morgenkreis!«, stöhne ich. Kann man mit sauerstoffuntersättigtem Gehirn eigentlich hyperventilieren? Ich entscheide mich, das später mal zu googlen und nehme stattdessen noch einen großen Schluck vom Kaffee.

»Dasch wird sischer luschtig! Mer ischt dieschmal dran?«, fragt Martin mit einem Mundvoll Müsli.

»Äh … ich glaube Imke«, sage ich nach kurzem Überlegen. Martin macht ein planloses Gesicht und ich füge hinzu: »Steffis Mama.«

»Weischt du, wasch die vorhat?«, fragt er und wischt wie verrückt mit dem Kleenex auf seinem Display rum.

Noch ein Schluck Kaffee. Mist, die Tasse ist leer. »Nein, ich lass mich mal überraschen.«

Seit ein paar Wochen findet jeden Dienstag um 10 Uhr ein Online-Morgenkreis für die Kinder statt, die nicht in die Notbetreuung gehen. Angefangen hat alles mit Birgit, einer Mutter aus unserer Kindergartengruppe. »In großer Sorge« – wie sie schrieb – hat sie eine E-Mail an alle Eltern geschickt, die ihre Kiddies zu Hause betreuen. Der Betreff: Einladung zur Mütter-Konferenz via Zoom. Die Agenda: Erstellung eines Online-Betreuungsangebotes für den Nachwuchs. Bereits da hätte ich Lunte riechen müssen und behaupten sollen, die Einladung nie erhalten zu haben.

Stattdessen habe ich zum besagten Termin pflichtschuldig meinen freien Abend dem Treffen mit den anderen Kindergarten-Mamas über Zoom geopfert. Bei Milka-Schokolade und Rotwein durfte ich Zeugin werden, wie sich die Muttis über den »Ernst der pädagogischen Lage« unterhielten. Schnell war festzustellen, dass die meisten Eltern um den Geisteszustand ihrer Kinder besorgt waren und vor allem den förderlichen Input der Erzieherinnen vermissten. Andere hingegen waren schlichtweg verzweifelt, weil sie die Kernfusion aus Arbeit und Kinderbetreuung zu Hause kurzerhand in den Wahnsinn trieb.

Birgit etwa, die bei einem Versicherungsunternehmen im Home Office arbeitet, hat mit klagenden Worten von ihrer Misere erzählt. Während Birgit tagsüber an ihrer Online-Abteilungsbesprechung teilnimmt, darf ihre Tochter Josefa auf Netflix Tierdokus gucken. Präpandemisch ein undenkbares Szenario, denn Birgit hasst es, wenn Kinder fernsehen. Was zuerst richtig gut lief, hat nach sechs Wochen schließlich seine Kehrseite gezeigt. Nachdem Josefa sich eine Löwen-Doku reingezogen hatte, hat sie ihre Mutter während der Abteilungsbesprechung laut brüllend angesprungen, in der Vorstellung, Birgit wäre eine Antilope, die sie erlegen muss. Nun Birgits Tonus: Hochwertige Kinderbetreuung muss her und zwar dalli!

Interessant und etwas furchteinflößend habe ich die Situation von Christine gefunden, die sich nach Birgit zu Wort gemeldet hat. Die Alleinerziehende muss sich zusätzlich zu ihrer Arbeit »so ganz nebenbei« um ihren Sohn Jakob kümmern, der außer

Christine seit Wochen niemanden mehr gesehen hat. Deshalb hat sich Jakob aus Langeweile alle Kissen und Decken in der Wohnung geschnappt und eine Höhle in seinem Kinderzimmer gebaut. Dort hortet er nun Küchenutensilien, denen er Namen gibt und die er wie seine Freunde behandelt. Dummerweise darf Christine Jakobs Freunde nicht mehr zum Kochen verwenden und muss nun jeden Tag über den Lieferservice Essen bestellen.

So haben die Mamas reihum ihr Leid geklagt und einen eklatanten Bedarf an sinnvollem Beschäftigungsmaterial und Kindergartenfreunden festgestellt. Mit einem großen Seufzer hat Birgit dann begonnen vom Morgenkreis im Kindergarten zu schwärmen wie von einem Medium gebratenen Filetsteak und dann in die Runde gefragt, ob sowas nicht auch digital ginge? Der Rest der Runde ist sofort aufgesprungen und in einem Anfall von Euphorie wurde festgelegt, von nun an selbst jede Woche einen Morgenkreis abzuhalten. Online. Mit Programm von den Eltern.

Birgit und die anderen Mamas haben sich zu ihrem tollen Einfall gratuliert. Als geplant werden sollte, wer den Anfang macht, wurde es aber plötzlich ganz leise. Nach einer gefühlt sehr langen Stille – ich wollte gerade den Mund öffnen, um den Baby-Jocker zu ziehen und mich vom Acker zu machen – hat plötzlich Emils Mutter in die Kamera geflötet: »Lena, du bist doch jetzt daheim. Da hast du doch sicher gaaanz viel Zeit, etwas vorzubereiten?«

Verdammt. Ich hab darauf gewartet, dass mir etwas Schlagfertiges einfällt, aber wie üblich hat sich mein Gehirn lieber totgestellt. Die anderen Mamas waren hin und weg von dem Vorschlag und so ist mir nichts anderes übriggeblieben, als den ersten Morgenkreis zu halten. Seither habe ich mir fest vorgenommen, Zoom-Meetings gründlichst zu meiden und bei der nächsten Anfrage einfach den Stecker zu ziehen. Ups, Verbindungsprobleme!

Ich stelle die leere Tasse kopfüber in die Geschirrspülmaschine. Im Schlafzimmer ist inzwischen das Baby aufgewacht. Man kann es laut vor sich hinbrabbeln hören. Auch aus dem Wohnzimmer kommen quietschende und grölende Geräusche und ich vermute mal stark, dass unser Sohn Noah auf dem Sofa herumhüpft.

Martin steht auf und räumt seine leere Müslischale ebenfalls in die Spülmaschine.

»So, muss jetzt los!«, sagt er und gibt mir noch ein Küsschen, das nach Milch und kleinen Schokostücken schmeckt. Er geht ins Wohnzimmer, um sich von unserem Großen zu verabschieden und ich kann hören, wie ihm Noah vom Sofa aus in die Arme springt.

»Uff ... nicht so wild! Und jetzt tschüss, bis heute Nachmittag!«

Ich höre, wie Martin von nackten Kinderfüßen bis zur Haustür verfolgt wird und noch auf zwei Küsse und eine Umarmung runtergehandelt wird. Danach schließt sich die Tür mit einem leisen Klick.

Martin arbeitet in einer kleinen Apotheke in unserem Stadtteil. Seit gut einem Jahr sammelt er zum ersten Mal in seinem Leben richtig Überstunden an, weshalb er früh raus muss und leider oft spät nach Hause kommt. Ich muss zugeben, dass es äußerst praktisch ist, einen Apotheker im Haus zu haben, weil dann stets genug Windelcreme da ist. Und ein Jahresvorrat von diesem Anti-Erkältungs-Shot von Wick, der einen nachts total wegbeamt.

Dummerweise habe ich dank Martins Beruf neuerdings eine Allergie gegen den Begriff »systemrelevant« entwickelt. Bist du nicht systemrelevant, sitzt du zu Hause und langweilst dich zu Tode. Bist du es schon, arbeitest du von früh bis spät und träumst nachts von Datenrückverfolgung und FFP2-Masken. Heute bekommt man nicht einmal mehr ein Froschhaar Anerkennung dafür. Zu Beginn der Pandemie wurde medizinisches Personal noch beklatscht, ein Nachbar aus dem Haus gegenüber hat Martin sogar mal ein Ständchen auf seiner Ukulele gespielt. Das ist jetzt vorbei. Gefühlt seit einer Ewigkeit.

Als wir noch jünger waren, haben wir uns abends oft mit Freunden nach der Arbeit auf einen Absacker getroffen und über Martins Geschichten aus der Apotheke gelacht. Über inkontinente Frauen und schwerhörige alte Männer. Heute wünscht sich Martin eine Gefahrenzulage für seine Arbeit.

»Mein Problem ist ja nicht das mutierende Virus, sondern die mutierenden Menschen!«, hat er erst kürzlich abends über einem Stück Salamipizza philosophiert.

Anfang letzten Jahres als das Desinfektionsmittel sehr schnell knapp geworden ist und die Fläschchen rationiert werden mussten, konnte es in der Apotheke schon mal richtig unangenehm werden. So haben sich einmal zwei Frauen mittleren Alters mit ihren Handtaschen über eine Flasche Desinfektionsmittel geprügelt. Martin konnte sie nur mit einem selbstgebrannten Schnaps, sechs Probe-Päckchen einer Aloe-Vera-Gesichtslotion sowie einer Broschüre

»Gesundheitstipps für Best-Ager« beruhigen. Seither zuckt er jedes Mal zusammen, wenn Frauen mit Handtaschen die Apotheke betreten.

Ich hole das Baby, das langsam zu quengeln begonnen hat und gehe mit ihm in das Wohnzimmer. Noah hat aufgehört auf dem Sofa zu hüpfen und sortiert Legosteine.

»Komm, gehen wir uns anziehen!«, sage ich und Noah folgt mir in das Kinderzimmer. Auf der Wickelkommode wechsle ich dem Baby die Windel, während Noah sein Shirt für heute aussucht.

»Das mit den Spinnen ist voll cool!«, meint er und hält ein knalloranges Hemd mit flauschigen Insekten-Applikationen in die Höhe.

»Das ist eigentlich für Halloween. Nimm doch das blaue mit dem Schiff!«, schlage ich vor. Aber nein, Noah will das megacoole Spinnen-Shirt anziehen. Ist mir recht, sieht ja eh keiner. Ich helfe ihm aus seinem Paw Patrol-Pyjama und warte, bis er sich fertig angezogen hat.

Danach gehen wir in die Küche, um das Frühstück vorzubereiten. Ich setze das Baby auf den Boden und lege ihm eines dieser lustigen Knistertücher vor die Füße. Noah studiert die Lego-Zeitschrift, die er mir gestern in einem frühkindlichen Heulanfall im Supermarkt abgerungen hat. Ich kippe Müsli und Milch in zwei Schalen und rühre dem Baby einen Grießbrei mit Fertigpulver an. Whiskey ist inzwischen aus der Babyschale gesprungen und interessiert sich für das Knistertuch.

Ein leises Knuspern kommt aus der Ecke. Ich drehe mich um und sehe, wie das Baby Trockenfutter aus dem Katzennapf isst.

»Himmel, nein!«, entfährt es mir laut und Whiskey lässt vor Schreck das Knistertuch fallen. Ich nehme das Baby auf den Arm und versuche in seinem Mund das Katzenfutter rauszupulen. An der oberen Zahnleiste ist etwas Hartes zu spüren. Zwischen braunen Brösel kann ich ein paar winzig kleine Spitzen erkennen. Ein Zahn. Du hast mich heute Nacht wachgehalten, du Sack!

Bevor das Baby auf die Idee kommt, mich zu beißen, setze ich es in den Hochstuhl, stelle Noah sein Müsli hin und nehme auf der anderen Seite des Tisches Platz. Whiskey gesellt sich dazu und will mit dem Baby Grießbrei essen. Nachdem ich im Internet gelesen habe, dass auch Haustiere unter Eifersucht leiden können, bin ich dazu übergegangen, die Katze mitessen zu lassen. Ob es normal ist, dass Whiskey ebenfalls mit dem Löffel gefüttert werden will, konnte ich leider nicht rausfinden.

Der Vormittag vergeht ohne weitere Vorkommnisse. Ich lasse Noah dreimal im Memory gewinnen und verzichte heute auf eine Partie mit pädagogischem Verlieren-Lassen, denn zum Morgenkreis brauche ich ihn bei guter Laune. Danach zählen wir seine Paw Patrol-Hörspiel-CDs und ich bestaune seinen Muskeln und versichere ihm, dass sie die größten sind, die ich je gesehen habe. Ein Blick auf die Uhr im Wohnzimmer besagt, dass es noch fünfzig Minuten sind bis zum Morgenkreis. Wir ziehen Noahs Playmobil-Ritter an und bauen ein supermegaschnelles Düsenraketenflugzeug aus Lego.

Eine Viertelstunde vor dem Morgenkreis fahre ich den Laptop auf unserem Sofa hoch und gehe mit dem Baby ins Badezimmer, um mir ein frisches T-Shirt anzuziehen und etwas unauffälliges Make-up aufzulegen. Ich binde mir meinen Zopf neu und wische die Breiflecken mit einem feuchten Waschlappen von Babys Einteiler. Ein Blick in den Spiegel überzeugt mich nicht, aber leider ist jetzt keine Zeit mehr ein umfangreiches Vorher-Nachher-Umstyling. Ich schnappe mir das Baby, das begonnen hat, die Kloschüssel zu inspizieren und haste aus dem Bad.

Zurück im Wohnzimmer logge ich mich in den Laptop ein und suche in meinem E-Mail-Account nach dem Zoom-Link. Noah hat sich inzwischen seinen Truck zurechtgelegt, den er seinem besten Kindergarten-Kumpel über die Webcam zeigen möchte.

Heute ist Imke, Stefanies Mutter, mit Bespaßung an der Reihe. Sie arbeitet im Frauenbüro auf der Uni, wo sie um die Gleichstellung der Uni-Mitarbeiterinnen mit ihren männlichen Kollegen kämpft und sich auch um die Anliegen von Menschen mit Behinderung und diversem Geschlecht kümmert. Imke ist das personifizierte Gender-Sternchen – alles, was die weibliche Emanzipation behindert, ist ihr ein Dorn im Auge. Dummerweise ist das ihrer Tochter Stefanie ziemlich egal. So hat sich Imke beim letzten Elternnachmittag beschwert, ihre Tochter wolle seit dem Kindergarteneintritt nur noch in rosa Bettwäsche schlafen. Mit zusammengezogenen Augenbrauen fragte sie die Erzieherinnen, ob sie Steffi nicht dazu anhalten könnten, tagsüber mehr in der Werkzeugecke zu spielen und ihr Glitzer-Tütü zu ignorieren, anstatt es auch noch mit lauten Worten zu loben. Ich bin gespannt, was Imke sich für heute ausgedacht hat, wette aber, dass Regenbogeneinhörner wahrscheinlich keine Rolle spielen werden.

Ich kann mich noch lebhaft an meinen eigenen Morgenkreis erinnern. Obwohl Noah zu diesem Zeitpunkt bereits seit drei Jahren in den Kindergarten ging, hatte ich tatsächlich keine Vorstellung davon, wie so ein Morgenkreis eigentlich aussieht. Ich habe meiner Freundin Nina geschrieben, die als Erzieherin arbeitet und sie um Ideen gebeten. Nachdem mir Nina allerlei Vorschläge gemacht hat, bin ich schnell zu dem Schluss gekommen, dass ich definitiv nichts vorsingen und noch weniger eine Tanzeinlage gestalten würde. Schließlich habe ich mich für ein Suchspiel entschieden, bei dem die Kinder in ihrer Wohnung nach bestimmten Gegenständen suchen mussten. Nach etwas Essbarem, zum Beispiel. Oder nach etwas, das Krach macht.

Ich bin mir nicht sicher, ob meine Idee mit dem Suchspiel allen Eltern so gut gefallen hat wie mir selbst. Immerhin kommen erstaunliche Dinge zu Tage, wenn man die Kinder bittet, Sachen aus ihrem zu Hause herzuzeigen. Als ich die Kiddies zum Beispiel dazu aufgefordert habe, etwas Raschelndes zu bringen, zerrte Theo eine XXL-Packung Inkontinenzunterlagen für Erwachsene herbei. Auch die Suche nach etwas Essbarem erwies sich als tückisch. Ich bin überzeugt, dass Leos Mama nicht begeistert war, als der kleine Leo mitten im Morgenkreis eine halbe Packung Paprikachips verdrückt und die andere Hälfte auf dem Boden verteilt hat. Mein persönliches Highlight aber war, als die Kinder etwas Rotes auftreiben sollten und Clara den bordeauxfarbenen String-Tanga ihrer Mutter in die Kamera hielt. Zumindest glaube ich, dass er der Mutter gehört – heutzutage weiß man ja nie.

Leider habe ich unterschätzt, dass auch die Kinder verdammt gute Beobachter sind. So hat

Finn-Sebastian mit einem scharfen Blick in die Kamera zwischen unseren Sofapolstern eine halbleere Tüte Schaumgummi-Mäuse von Haribo gefunden. Das Gör hat das natürlich sofort seiner Mutter erzählt und einen Tag später bekam ich von ihr eine harsche E-Mail mit der Behauptung, ich beeinträchtigte mit meiner Laxheit den mühsam aufgebauten, gesunden Ernährungsstil ihrer Kinder.

Ich habe die Nachricht Martin gezeigt, der vor Lachen fast vom Stuhl gefallen ist. Schließlich habe ich ihr zurückgeschrieben und behauptet, dass nach neuen Studien der Inhaltsstoff Natriumcarbontriglycerid in Schaumgummimäusen den kindlichen Hirnstoffwechsel dauerhaft anrege. Seither habe ich nichts mehr von ihr gehört, räume nun aber vor jedem Morgenkreis peinlich genau das Sofa auf.

Ich starte Zoom und wähle mich mit dem Namen »Lena (Noahs Mama)« in das Treffen ein. In der Galerie-Ansicht ist zu sehen, dass die meisten der anderen Teilnehmer bereits da sind. Ich erkenne Steffi, die mit großen blauen Augen in die Kamera glotzt sowie die linke Gesichtshälfte von Imke.

In der Kachel mit der Selbstansicht sieht unser Sofa harmlos und nicht gesundheitsgefährdend aus. Zur Sicherheit habe ich den Laptop zur Wand hingedreht, damit man das Chaos in der Spielecke nicht sehen kann. Und wo ist eigentlich das Kind?

»Noah, komm! Es fängt gleich an!«, rufe ich Noah zu, der sich während meiner Abwesenheit wahrscheinlich in die Küche geschlichen hat, um Kekse zu futtern. Ich höre lautes Trampeln und Noah erscheint im Wohnzimmer.

»Hallöööchen, liebe Kinder!«, flötet Imke in die Kamera. »Wie geht es euch? Heute machen wir was ganz Tolles und werden gaaanz viel Spaß haben! Lasst mich mal erklären, was ich mit euch heute vorhabe!«

Während Imke ihr Programm erläutert, habe ich Zeit, die anderen Kinder zu beobachten. Da ist Clara, die offenbar allein in ihrem Kinderzimmer zoomt. Sie hockt im Schneidersitz auf einem rosaroten Sofa mit Blumenmuster. Rechts und links von ihr befindet sich eine beachtliche Anzahl an Stoffponys und Puppen mit Glitzerschleifchen im Haar. An der Wand prangt ein XXL-Poster mit einem Foto von Clara und ihren Eltern, die mit fröhlicher Miene in die Kamera grinsen.

Eine Kachel weiter ist Theo zu sehen, der wieder sein Tablet in der Hand hält. Er hat die Angewohnheit, damit durch die Wohnung zu rennen und es auch aufs Klo mitzunehmen, wo die Klobrille mit einem blauen flauschigen Bezug ausgestattet ist und seine Mutter eine große Kollektion an Duschgels hortet.

Imke strahlt und trägt in fröhlichem Ton vor. Sie klingt ein bisschen wie Heidi Klum bei einem Fotoshooting in Germany's Next Topmodel. Zusammen mit ihrer Tochter steht sie in einem riesigen Wohnzimmer mit einer weißen Ledercouch und einem Perserteppich. Ganz im Hintergrund kann man einen Flachbildfernseher ausmachen. In meinem Kopf kann ich Martins Stimme hören: »Mindestens 55 Zoll! Nicht schlecht, Herr Specht!«

Steffi will das »Lied über mich« singen, das die Kinder angeblich schon aus dem Kindergarten kennen. Dazu schaltet sie im Hintergrund einen

CD-Player ein und fängt an, mit ihrer Tochter zu singen und zu tanzen. Imkes Stimme wirkt brüchig und seltsam hoch, was sie jedoch nicht davon abhält, mit großem Pathos vorzusingen. Clara wackelt in ihrem Kinderzimmer mit, gibt aber keinen Ton von sich. Finn-Sebastian starrt in die Kamera und verfolgt mit misstrauischem Blick die hüpfende Steffi. Noah springt auf der Couch herum und singt den Intro-Song von Paw Patrol.

Nach dem Lied leitet Imke einen Ausflug ans Meer an. Die Kinder sollen sich Kissen und eine Decke holen und so tun, als würden sie darauf durchs Wasser schwimmen. Leo, der jüngste Zuwachs in der Gruppe, fällt dabei vom Sofa. Sein Mikro ist ausgeschalten, doch ich erkenne ein paar muskelbesetzte, tätowierte Männerarme, die den heulenden Leo wieder auf das Sofa hieven. Clara hat sich unter ihrer Bettdecke vergraben und sucht nach imaginären Muscheln. Der Bildschirm wird kurz schwarz als sie gegen den Laptop stößt und sich in dem Gewirr aus Kissen und Stofftieren versehentlich auf die Tastatur setzt.

Theo war wieder mal am Klo und hat sein Tablet auf dem Fußboden vergessen. Man sieht jetzt die Unterseite eines Waschbeckens und die Überreste einer leeren Kondomverpackung. Noah fährt mit seinem Truck durch den Kissenberg, den wir vor dem Laptop aufgetürmt haben. Allein das Baby, das auf meinem Schoß sitzt, verfolgt das Programm mit großem Interesse. Es hüpft vor Freude auf und ab und sabbert mit viel Elan.

Als der »Ausflug« vorbei ist und sich bei den Kindern erste Zeichen von Langeweile bemerkbar machen, singt Imke noch ein Abschiedslied und wackelt mit dem Hintern vor der Kamera. Ihre Tochter Steffi liegt seit einer Weile auf dem Sofa und malt mit dem Zeigefinger imaginäre Herzen auf das weiße Leder. Imke dreht sich noch einmal im Kreis und ringt um Atem.

»Sooo, liebe Kinder, das habt ihr aber gut gemacht! Ich danke euch fürs Mitmachen und wünsche euch noch eine tolle Woche! Den Mamis wünsche ich: Bleibt gesund! Tschü-hüüs, bis zum nächsten Mal!«, keucht Imke sichtlich fertig ins Mikrofon und winkt zum Abschied mit der Hand. Danach schließt sich das Zoom-Fenster und es kehrt schlagartig Ruhe in unserem Wohnzimmer ein.

Ich fahre den Laptop runter und atme aus. Puh, das wäre jetzt erstmal geschafft. Ich setze das Baby auf das Sofa, wo Noah es mit einem Kissen abschießt und das Baby lachend nach hinten fällt. Den Laptop räume ich nicht weg, sondern lege ihn unter den Sofatisch, denn heute Nachmittag werden wir ihn noch einmal brauchen.

Damit die Zeit bis zum Mittagessen vergeht, gehen wir wie jeden Tag einkaufen. Oft weiß ich zwar nicht mehr, was ich noch einkaufen soll, aber da alle anderen Geschäfte geschlossen sind und es für den Spielplatz noch zu kalt ist, bleibt mir nichts anderes übrig, wenn wir daheim nicht total versauern wollen. Ich wickle das Baby und stecke es in seinen blauen Winteranzug. Noah zieht seine grüne Regenjacke mit den Krokodilen an und setzt sich eine Mütze auf. Fast geschafft! Der erste Nervenzusammenbruch des Tages jedoch kündigt sich an, als Noah sich weigert, seine Gummistiefel anzuziehen. Lieber will er seine Paw Patrol-Sandalen tragen. Ich selbst schlüpfe in meine Jeans und verspreche Noah ein Überraschungsei, wenn er jetzt bitte sofort seine Gummistiefel anzieht.

»Die sind von Feuerwehrmann Sam! Die sind blöd!!«, brüllt Noah.

Er nimmt den rechten Gummistiefel und schleudert ihn quer durch die Garderobe. Das Baby beginnt in seinem dicken Winteranzug zu quengeln. Ich merke, wie mir langsam der Schweiß ausbricht und nehme mir fest vor, das nächste Mal Stiefel ohne Branding zu kaufen. Und diese verfluchten Sandalen in den Schuhschrank zu räumen. Als Noah sich schließlich zehn Minuten lang unter Tränen am Boden gewunden und das Baby auf meine Jacke gekotzt hat, gebe ich nach und lasse Noah seine Sandalen anziehen. Mit einem Ächzen hebe ich die Gummistiefel vom Boden und räume sie zurück in den Schuhschrank. Noah schnappt sich sein Laufrad und ich den Kinderwagen und los geht's.

Fünf Minuten später stehen wir wieder in der Wohnung. Noah hat nasse und eiskalte Füße und möchte nun doch lieber die Gummistiefel anziehen. Ich schicke ein Stoßgebet zum Himmel, dass es irgendwann – irgendwann! – bitte einfach nur leichter wird.

Inzwischen hat es aufgehört zu regnen und Pfützen bedecken den Gehsteig. Noah rennt mit seinem Laufrad durch einen besonders großen Pfützensee und hebt dabei die Beine seitlich an. Im Kinderwagen ist das Baby eingeschlafen. Ich ziehe den Reißverschluss meiner Jacke bis zum Kinn hoch, denn es ist noch empfindlich kalt.

Die Edeka-Filiale ist circa einen Kilometer zu Fuß von uns entfernt. Früher waren es genau 1772

Schritte bis dahin, heute sind es mit Noahs Schlangenlinien mindestens 2000 geworden. Ich sauge die frische Winterluft ein und stelle mir vor, ich wäre auf einem schneebedeckten Vulkan auf Island unterwegs. Mit ein bisschen Fantasie sehen die Häuser, an denen wir vorbeigehen, wie Hügel in einem Bergpanorama aus und die Zapfsäule der benachbarten Tankstelle könnte ein Geysir sein. Viel zu schnell wird meine Tagträumerei von Noah unterbrochen, der mit seinem Laufrad einen Laternenpfosten streift und zu weinen beginnt. Ich richte Noah wieder gerade und puste auf seine Wange. Kurz vor dem Geschäft kreuzen wir die Straße an einer Fußgängerampel. Das grüne Männchen erscheint und Noah schreit: »Grün heißt loooos!«

Am Rand des Parkplatzes bleibe ich kurz stehen und wühle in der Wickeltasche nach meiner FFP2-Maske. Ich finde sie schließlich zwischen zwei Ersatzwindeln, wische ein paar Brotbrösel von ihr ab und klemme mir die Gummibänder hinter die Ohren. Vor dem Geschäft hat sich bereits eine kleine Schlange aus Menschen und Einkaufswägen gebildet. Ein Blick auf die Werbeplakate verrät den Grund für den Andrang: heute gibt es Toilettenpapier im Angebot.

Ein Security-Typ bewacht den Eingang und lässt die Leute nur einzeln mit Wagen hinein. Mir ist es recht, die Zeit kann sich ruhig mal selbst totschlagen. Während ich den Kinderwagen mit einer Hand hin und her schiebe, damit das Baby nicht aufwacht, erzählt Noah den Leuten in der Warteschlagen wie er heißt, wo er wohnt und wie alt er ist. Verflixt! Gestern hatte ich mir noch vorgenommen, ihm einzuschärfen, er möge bitte unsere Personaldaten für sich behalten. Hinter den Masken der Leute erkennt man keine Gefühlsregung, aber die meisten nicken leicht und nehmen alles ohne Kommentar auf. So geht das etwa zehn Minuten, dann werden wir eingelassen.

Wir betreten das Geschäft über die Obst- und Gemüseabteilung. Ich suche nach einem möglichst reifen Bündel Bio-Bananen, während Noah mit hängendem Mund einem jungen Mann zusieht, der sich frischen Orangensaft an einer Selbstbedienungsmaschine auspresst. Nachdem ich auch ein Päckchen Cocktailtomaten und eine Salatgurke eingesammelt habe, ziehe ich Noah an seiner Jacke, damit wir weitergehen können. Als wir in die Regalreihe mit dem Toastbrot laufen, rammt Noah mit seinem Laufrad den Einkaufswagen einer alten Frau. Sie dreht sich um und sucht mit hektischen Blicken nach dem Übeltäter.

»Ja, was soll denn das?«, keift sie. Ich kann sehen, wie sie in ihrem Gehirn eine stets parat liegende Standpauke abruft. Sie macht den Mund auf, sieht aber in diesem Moment den Kinderwagen. Ihre nach unten hängenden Mundwinkel gehen plötzlich steil nach oben.

»Ach, wie süüüß!«, ruft sie mit Quietschstimme und watschelt zu uns. Sie beugt sich vor und blickt tief in das Innere des Wagens. »Wie alt ist er denn?«

»Zehn Monate«, sage ich und erwähne lieber nicht, dass das ganz in Blau gekleidete Kind ein Mädchen ist. Normalerweise wimmle ich solche ungefragten Charme-Attacken schnell ab und mache mich vom Acker, aber als Wiedergutmachung für Noahs Tollpatschigkeit gehe ich diesmal darauf ein. Noah hat den Vorfall bereits wieder vergessen und zerrt mehrere Tüten Brotchips aus dem Regal. Die Alte macht komisch schmatzende Geräusche und ich nehme an, dass sie hinter ihrer Maske dem Baby Luftküsschen zupustet.

»Genießen Sie diese Zeit! Die Kleinen werden ja sooo schnell groß!«, schmachtet sie und zieht mit ihrem Einkaufswagen von dannen. Ich lege Noahs Chipstüten wieder ins Regal zurück und überlege, was genau man an der Zeit voller schlafloser Nächte und vollgekotzten T-Shirts genießen soll.

Im Regal mit den Fertiggerichten kaufen wir eine dieser lustigen Suppentüten für Kinder. Noah liebt vor allem die Feuerwehr-Version, von der ich eine Packung auf den Kinderwagen lege. Das schlafende Baby ist hinter dem Toastbrot und den Bananen kaum noch zu sehen. Ich ziehe Noah vom Kühlregal weg, wo er mit einer Riesenpackung Milchschnitten liebäugelt, und schiebe den Kinderwagen Richtung Ausgang. Vor der Kasse steht ein Regal mit Schokoriegeln und Bonbons. Noah sieht die Überraschungseier ganz unten und erinnert mich an mein Versprechen. Ich willige ein, nehme mir aber fest vor, unter der Woche keine Süßigkeiten mehr als Ablenkung für zu Hause zu kaufen, sollte der Kindergarten zu meinen Lebzeiten je wieder aufmachen.

Als Noah vier geworden ist, habe ich das Ende der Trotzphase kaum noch erwarten können. Endlich einkaufen ohne Nervenzusammenbruch am Süßigkeitenregal. Niemand hat mich allerdings darauf vorbereitet, dass die Ich-muss-das-jetzt-sofort-haben-Phase von einer Ich-bin-schon-vier-wie-viele-Süßigkeiten-kann-ich-raushandeln-Phase abgelöst wird. Zum Glück ist Noah heute friedlich gestimmt und gibt sich mit einem Ei zufrieden. Ich lege die Einkäufe auf das inzwischen frei gewordene Laufband.

»Ups, Mama!«, höre ich Noah sagen. Er hat die Tomatenschale aus dem Kinderwagennetz geholt und sie fallen lassen. Cocktailtomaten rollen jetzt in alle Richtungen. Spontan versuche ich mich an die Atemtechniken aus dem Kreissaal zu erinnern. Was hat die Hebamme noch mal gesagt? Kurz einatmen, lang ausatmen. Ich versuche es für zehn Sekunden. Leider haben sich die Tomaten noch immer nicht von selbst eingesammelt und auch sonst ist niemand auf die Idee gekommen, der jungen Frau mit den süßen Kindern behilflich zu sein. Ich gehe in die Hocke und beginne, zwischen den Beinen der neugierig zusehenden Menschen das Gemüse wieder einzusammeln. Urgh, hier auf dem Fußboden sieht es fast so aus wie unter unserem Esstisch.

Das Zahlen an der Kasse und der Weg nach Hause verlaufen hingegen ohne große Zwischenfälle. In der Wohnung schälen wir uns aus unseren Klamotten und waschen uns die Hände. Ich sammle Noahs Jacke und Mütze vom Boden auf und hänge sie an die Garderobe. Während ich die Babyschale vom Kinderwagen montiere und sie samt den Einkäufen in der Küche absetze, sitzt Noah bereits am Esstisch und wischt sich eine braune Masse vom Mund. Anscheinend hat er die Schokolade von seinem Überraschungsei bereits weginhaliert.

Ich räume alles ein und helfe Noah, die gelbe Spielzeugkapsel aufzumachen. Ein Minion mit Drachenmaske kommt zum Vorschein. Als der Minion ein paar Minuten später uninteressant geworden ist und am Küchenboden liegt, hilft Noah mir beim

Zubereiten der Fertigsuppe und rührt gedankenverloren mit dem Schneebesen in der schaumigen Flüssigkeit. Ich schaue auf die Uhr und kann ein Stöhnen nicht unterdrücken. Erst zwölf Uhr! Ich könnte schwören, die Zeiger sind einfach stehengeblieben. Damit wir die Zeit bis zum Mittagessen noch etwas strecken, schlage ich vor, zusätzlich einen Schokopudding für heute Abend anzurühren, was Noah mit großer Begeisterung aufnimmt.

Ich hole Milch und ein Päckchen Fertigpulver und stelle einen zweiten Topf auf die Herdplatte. Während wir warten, dass die Milch zu kochen beginnt, spielen Noah und ich Armdrücken. Noah presst mit theatralischer Miene meinen rechten Unterarm auf den Esstisch und führt nach jedem neuen Sieg einen Freudentanz auf. Natürlich bin ich viel zu schwach, um einen Vierjährigen im Armdrücken zu besiegen. Das Ergebnis ist ein gut gelaunter Noah, der mit viel Elan das Fertigpulver in die siedende Milch einrührt.

Etwas später sitzen wir zu zweit am Tisch und löffeln die Suppe. Das Baby schläft noch, Whiskey hat sich zu ihm in den Aufsatz gelegt und betrachtet es in mütterlicher Andacht.

»Guck mal, Mama! Ein Löschboot!«, sagt Noah und hält mir seinen Kinderlöffel mit halb zerkochten Nudeln unter die Nase.

»Ja, super!«, entgegne ich. Wir stochern in der Suppe auf der Suche nach anderen Figuren und finden einen Feuerwehrmann, einen Feuerlöscher und eine Art Dreieck, das wohl ein Feuer darstellen soll. Ich hebe eine Nudel auf, die eine kleine Zahlenplakette zeigt und halte sie Noah hin.

»Schau mal, kannst du die Zahlen darauf lesen?«
Noah sieht sich die Nudel an. »Das heißt 1-1-2!

Das weiß ich doch schon lange, du Knalltüte! Schau mal, ich hab eine Feuerwehrrakete! Die löscht das Feuer suuuperschnell!«

Noah fuchtelt mit dem Löffel durch die Luft und verteilt Suppe auf dem Tisch.

»Und einen T-Rex hab ich auch, guck mal!«

Ich mime die Erstaunte und bewundere einen nicht vorhandenen T-Rex auf seinem Tellerrand.

»Mama, wenn ich die ganze Suppe aufesse, krieg ich dann ganz krasse Muskeln?«

»Ja, klaro! Noch krassere Muskeln als die von Popeye!«, sage ich und nicke heftig. Mir sind alle Argumente recht – Hauptsache, Noah isst seine Suppe auf.

Noah klappt der Mund runter.

»In echt? Wenn ich alles aufesse?«

Ich bestätige nochmal und frage mich, wann wohl das Alter kommt, in dem die Kinder beginnen, solche Maschen zu durchschauen. Aber für heute ist es mir egal, denn ich bin schon heilfroh, dass Noahs ewig währende Ich-esse-nur-Toastbrot-mit-Ketchup-Phase endlich vorbei ist.

Als wir fertig sind und ich versuche, die leeren Teller in die volle Geschirrspülmaschine zu zwängen, wacht das Baby im Kinderwagenaufsatz auf. Es quengelt und will hochgenommen werden. Ich nehme das Baby mit zur Wickelkommode und ziehe es dort aus. Danach mache ich ein Gläschen mit der Babyversion von Spaghetti Bolognese warm und stecke Löffel für Löffel in das aufgesperrte Mäulchen. Die Katze riecht skeptisch am Gläschen und bevorzugt dann doch das Trockenfutter am Boden. Noah sitzt indes im Wohnzimmer vor dem Fernseher und sieht zum fünften Mal die zweite Staffel von Paw Patrol.

Während das Baby laut schmatzend seinen Brei verschlingt, muss ich an die Fotos denken, die ich mir gestern auf Facebook angesehen habe. Strände auf Mauritius. Weißer Sand, türkisblaues Meer. Ich war noch nie auf Mauritius, aber die Bilder von der Hochzeitsreise meines Bruders waren schon spektakulär schön. Er hat die Fotos anlässlich seines ersten Hochzeitstags gepostet. Eigentlich gehört sowas verboten. Ich überlege, wie lange es dauern wird, bis Martin und ich wieder alleine in den Urlaub fliegen werden können. Meine Schätzung beläuft sich jetzt mal auf grob fünfzehn Jahre. In einem Frustanfall habe ich gestern, nachdem ich den Facebook-Post meines Bruders gesehen hatte, mal nach Mauritius gegoogelt und habe dann gelesen, dass die Insel in spätestens zwölf Jahren vom steigenden Meeresspiegel verschluckt werden wird. Das hätte ich vielleicht mal vor dem Kinderkriegen googeln sollen, aber sowas sagt einem ja keiner.

Ich stelle das leere Gläschen auf dem Esstisch ab. Das Baby wischt sich mit den Händen über seinen Mund und verteilt dann gleichmäßig die Überreste der Spaghetti Bolognese auf seinen Einteiler. Ich nehme es auf den Arm und beschließe, im Wohnzimmer mal nach Noah zu sehen. Er sitzt wie gebannt vor dem Fernseher und schaut zu, wie Ryder auf seinem Paw-Pad herumwischt. Ich warte noch ein paar Minuten bis die Folge zu Ende ist und der Abspann erscheint, dann mache ich den Fernseher aus. Noch vor einem Monat hat Noah sich beim Ausmachen des Fernsehers jedes Mal die Seele aus dem Leib geschrien. Mittlerweile ist der Knoten geplatzt und er macht kein Theater mehr. Hat ja auch nur zwei Jahre gedauert. Stattdessen löst er sich aus seiner Starre und versucht einen Kopfstand auf dem Sofa zu machen.

Ich schaue auf die Uhr, die über der Wohnzimmertür hängt. Es ist 14:20 Uhr. Noch knapp zwei Stunden bis zum Skype-Call mit Mama und den Großeltern. Noah schleicht sich leise über das Sofa zu mir und setzt mit Flüsterstimme dazu an, mir etwas ins Ohr zu sagen. Oh oh, erfahrungsgemäß ist das der Vorbote für irgendeinen Schabernack. Noah will, dass ich der Katze eines vom Emmas T-Shirts anziehe, damit er so tun kann, als wäre sie ein Chaoskätzchen. Ich muss kurz überlegen, komme aber zum Schluss, dass das wahrscheinlich Tierquälerei ist.

Nun ist guter Rat teuer. Als Mutter musst du dich stets entscheiden, wen du lieber auf deiner Seite hast und wer es gerade vertragen kann, vergrault zu werden. Ich versuche mich an den Erziehungsratgeber zu erinnern, den Imke – Stefanies Mama – mir mal ungefragt in die Hand gedrückt hat, weil sie von dem Buch so begeistert war. Es war ein dicker Schinken von Jesper Juul. Wie war das nochmal? Ach ja, das Kind mit Würde behandeln. Wir können es ja mal versuchen. Ich wende mich Noah zu, schaue im tief in die Augen und setze zu einem klaren, aber liebevollen Nein an …

Zwei Tobsuchtsanfälle später hat Whiskey ein gelbes Baby-Shirt an und ein tiefer Kratzer ziert mein Gesicht. Wütend wische ich mir über die Nase und nehme mir vor, morgen nicht nachzugeben. Whiskey nimmt nach ihrem Umstyling Reißaus und flieht aus dem Wohnzimmer. Noah rennt kreischend hinterher und mir reichts jetzt erstmal. Ich gehe in die Küche, um mir einen starken, starken Kaffee zu machen.

Während das Baby seine Zähne an einem Holzkrokodil von Ikea wetzt, schütte ich frisches Pulver in die Kaffeemaschine und beobachte dann, wie heiße, köstlich duftende Flüssigkeit in die Glaskanne tropft. Ich frage mich, was Oma und Opa gerade machen. Wahrscheinlich halten sie ihren Mittagsschlaf oder sehen sich eine neue Folge von »Bares für Rares« an. Nie hätte ich mir gedacht, dass ich es sagen würde, aber was gäbe ich jetzt für fünfzig Minuten Ruhe in Gesellschaft von Horst Lichter.

Als ich etwas später am Esstisch vor einer leeren Tasse sitze, kommt Noah zurück.

»Mama, mir ist langweilig!«

Ich seufze. Noch eineinhalb Stunden bis zum Call. Um die Zeit zu überbrücken, mache ich das Radio an und Noah und ich spielen im Flur zu lauter Pop-Musik Lavaluftballon. Während Physical von Dua Lipa läuft, steigert sich Noah so rein, dass er mit hysterischem Geschrei dreimal vom Teppich in die Lava am Fußboden fällt. Ein Hochzeitsfoto meiner Eltern und eine Zeichnung von Noah als Baby fallen dabei zu Boden, bleiben jedoch heil.

Als Noahs Gesicht ganz rot ist, hören wir schließlich auf und malen stattdessen in seinem Dino-Stickerbuch, das er zu Weihnachten geschenkt bekommen hat. Noah klebt fünf T-Rexe über meinen fein gezeichneten Baby-Stegosaurus und brüllt »Dinoschlacht!« Danach spielen wir Dinosaurier und fressen das Baby auf, das auf der Couch liegt und uns ansieht, als wären wir bekloppt.

Zumindest vergeht so die Zeit bis zum Skype-Call. Eine Viertelstunde vor der vereinbarten Uhrzeit lege ich das Baby, dessen Einteiler nass ist von seinem Sabber, unter seinen Spielbogen am Boden und gehe noch einmal ins Schlafzimmer, um mein T-Shirt zu wechseln. Als sich mein Vorrat als leer entpuppt, nehme ich kurzerhand ein T-Shirt in Slim-Fit-Schnitt von Martin aus dem Schrank und nehme mir vor, morgen mindestens zwei Ladungen Wäsche zu waschen. Auf das Make-up verzichte ich diesmal, denn meine Mutter hat mich schon in schlimmeren Zuständen gesehen.

Zurück im Wohnzimmer mache ich den Laptop an und drehe ihn wieder Richtung Wand. Gott sei Dank muss ich bei meiner Mutter nicht aufräumen und kann es nach wie vor nicht glauben, dass es mal eine Generation von Eltern gab, die sich beim Anblick einer fremden, ungeputzten Wohnung nicht in Fremdscham erging. Ich logge mich bei Skype ein.

Meine Mutter und meine Großeltern wohnen im selben Mehrparteienhaus wie wir. Dass wir miteinander skypen, kommt mir ziemlich bescheuert vor, immerhin befindet sich die Wohnung von Oma und Opa genau über unserer. Als mein Großvater zu Weihnachten jedoch einen Schnupfen bekommen hat und wir fünf Tage lang in Panik waren, weil Martin einmal das Wort »Beatmungsgerät« hat fallen lassen, hat meine Mutter schließlich schweren Herzens entschieden, keinen physischen Kontakt mehr zu uns zu haben.

Ein zweiter Grund dürfte einer unserer Nachbarn sein, der eine irre Vorliebe dafür hat, seine Mitbewohner auszuspionieren. Das dürfte berufsbedingt sein, denn mir wurde mal gesagt, er war vor seiner Rente als Privatdetektiv tätig. Als wir an Silvester bei den Großeltern zu Besuch waren, um ein paar Marzipanschweine zu verschenken, wurde uns das doch tatsächlich zum Verhängnis. So hat der Knallkopf-Detektiv von der unerlaubten Visite Wind bekommen und kurzerhand die Polizei gerufen. Etwas später standen zwei Streifenbeamte vor der Tür und haben mit mäßigem Erfolg versucht, meinem fast tauben Großvater die aktuelle Besuchsregelung zu erklären. Glücklicherweise haben sie es bei einer Verwarnung bleiben lassen, da wir im selben Haus wohnen. Sollten wir Oma und Opa doch wieder mal einen Besuch abstatten, muss ich unbedingt daran denken, sämtliche Schuhpaare vor der Tür mit hineinzunehmen.

Skype fährt mit seinem typischen Wuuup-Sound hoch und ich sehe, dass meine Mutter bereits online ist. Ich rufe sie an. Das Freizeichen ertönt ein paar Sekunden lang, dann erscheint Mamas Gesicht auf dem Bildschirm. Sie schaut kurz verwirrt in die Kamera, erkennt mich dann aber.

»Hallooo? Könnt ihr mich hören?«

»Ja, Mama, hörst du mich auch?«, frage ich.

»Ich höre euch! Alles gut!«, entgegnet sie mit einem Lächeln. Sie sieht irgendwie müde aus in letzter Zeit. In ihrem Gesicht entdecke ich Augenringe, die fast so groß sind wie die der alleinerziehenden Christine. Ich frage mich, ob sie schlecht schläft, aber selbst wenn es so wäre, würde sie es mir nicht sagen.

»Noah, komm mal her!«, rufe ich. In der Küche wird laut hörbar ein Stuhl verschoben und kurz darauf ertönt ein Rascheln. Noah geht wieder heimlich Kekse essen. Aus den Augenwinkeln sehe ich, dass sich Whiskey zum Baby unter den Spielbogen gelegt hat und es mütterlich ableckt.

»Na, wie geht es euch? Was habt ihr heute so gemacht?«, fragt Mama.

»Uns geht's ganz okay. Noah hatte heute wieder Morgenkreis – das war recht unterhaltsam. Die Kinder haben einen Ausflug ans Meer mit Decken und Kissen imitiert. Danach waren wir wieder einkaufen. Sonst ist nix passiert.«

Noah kommt ins Wohnzimmer geschlichen. Auf seinem Shirt sehe ich ein paar Brösel kleben und seine Haare stehen von unserem Luftballon-Workout noch zu Berge. Mist, ich hätte ihn vor dem Call mal frisieren sollen. Die Haare reichen ihm mittlerweile fast bis zu den Schultern.

»Schau mal, Noah! Oma ist da!«, sage ich zu ihm und Noah linst vorsichtig in die Kamera. Mittlerweile hat er kapiert, dass die Leute ihn sehen und hören können, aber das nötige Feingefühl für virtuelle Meetings muss er erst noch entwickeln.

»Hallo, Oma!«, brüllt er den Laptop an.

»Hallo, Männlein!«, sagt meine Mutter lachend. »Hast du einen schönen Tag gehabt?«

Noah ignoriert die Frage und flitzt los, um seinen Truck zu holen. Den zeigt er jedes Mal her und vergisst dann gleich wieder, dass er das die letzten fünf Male auch schon getan hat. Fast schon wie seine demente Urgroßmutter.

Während Mama anfängt, über ihr Lieblingsthema zu sprechen – das Fallen und Sinken der Inzidenzwerte – sehe ich im Hintergrund des

Bildschirms wie zwei Gestalten mit Stock heranhumpeln. Das sind Oma und Opa.

»Barbara, mach doch mal Platz!«, ruft meine Großmutter und stört ihre Tochter in ihrem Monolog. Meine Mutter bricht mitten in ihrem Vortrag über die Inzidenzwerte in der Fürther Innenstadt ab, steht auf und dreht ihren Stuhl so, dass Oma darauf Platz nehmen kann. In diesem Moment kommt Noah mit seinem Truck. Er drückt ihn an die Linse der Webcam, wo plötzlich nur noch grüne Flecken zu sehen sind.

»Nicht ganz so nah! Halt ihn ein bisschen weiter weg!«, sage ich und ziehe Noah am Arm ein Stück weit zurück. Noah ist verwirrt und beginnt, den Truck wild hin und her zu schwenken. Am anderen Ende schaut Opa mit großen Augen auf den Bildschirm.

»Ist das Noah? Der sieht ja aus wie ein Mädchen! Wann war der denn zuletzt mal beim Friseur?«, fragt er ungläubig.

»Das war noch letztes Jahr im November, Opa! Die Friseure haben doch zu, erinnerst du dich?«, sage ich laut, bin mir aber nicht sicher, ob er das mit seinem Hörgerät verstanden hat. Ich sehe, wie mein Großvater verwundert den Kopf schüttelt.

Das Baby unter dem Spielbogen fängt zu quengeln an. Ich lasse Noah, der seine Urgroßeltern mit hängendem Mund anglotzt, allein vor dem Laptop und hebe das Baby vom Boden hoch.

»Da ist ja Emma!«, ruft Oma entzückt als ich die Kleine auf meinem Schoß platziere. »So ein großes Mädele! Eieiei, was bist du schon wieder gewachsen!«

Während Oma anfängt in hohem Singsang mit

dem Baby zu kommunizieren, frage ich mich langsam, was alte Frauen nur mit kleinen Kindern haben. Noah ist gelangweilt und hat sich losgemacht, um in seinem Kinderzimmer zu spielen. Ich versuche den Singsang auszublenden und höre, wie sich Noah vom Fensterbrett auf sein Bett schmeißt und dabei »Ich bin der Flughund!« brüllt. Dann zerbricht irgendetwas Großes. Um meine Zurechnungsfähigkeit zu behalten, beschließe ich, dem erstmal nicht nachzugehen. Während nun auch Opa anfängt, das Baby mit Eiei, Dada und Jaja zuzutexten, spüre ich, wie Sabber auf meine Hand und auf die Tastatur des Laptops tropft.

Noah brüllt aus dem Kinderzimmer: »Mama, ich muss Pipiiiii!«

Meine Mutter hat sich im Hintergrund auf die Zehenspitzen gestellt und versucht über die Schultern meiner Großeltern einen Blick auf ihre Enkelin zu erhaschen. Plötzlich wird meine Hose feucht und warm. Das wundert mich, denn normalerweise schwitze ich nicht an dieser Stelle. Dann kommt mir ein schlimmer Verdacht: Verdammt, die Windel ist ausgelaufen! Das Baby wird unruhig und fängt an zu quengeln. Ich blicke mich hektisch um und sehe den Schnuller unter dem Couchtisch liegen. Ich lege das Baby kurz ab, um danach zu fischen, was dem Baby aber gar nicht gefällt. Es beginnt mit lauter Stimme zu weinen.

Inzwischen kommt Noah aus dem Bad zurück. Nackt und mit heruntergelassenen Hosen stellt er sich vor den Laptop und strahlt in die Kamera.

»Oma, guck mal, ich hab Pipi gemacht!«

Meine Mutter quetscht ihren Kopf zwischen denen der Großeltern, um etwas sehen zu können.

»Ja, super, Noah! Gut gemacht!«

Ich tauche wieder von unter der Couch auf und ziehe Noah die Hose über seinen Pullermann. Whiskey hat inzwischen begonnen, die Linse der Webcam abzulecken. Ich scheuche sie davon und stecke dem Baby den Schnuller in den Mund. Mir reicht's allmählich.

»Hey, wir müssen jetzt langsam anfangen zu kochen! War schön euch zu sehen! Skypen wir nächste Woche wieder?«

Meine Großeltern nicken und winken.

»Mama, wollen wir morgen mal telefonieren?«, füge ich als Entschuldigung hinzu, denn ich weiß, meine Mutter kann es nicht leiden, wenn sie nicht mindestens zehn Minuten lang zu Wort kommt.

»Ja, klar! Machen wir!«, flötet sie in die Kamera.

Ich beende den Call und logge mich schnellstmöglich aus, bevor meine Mutter eine Chance hat, noch rasch zehn Kuss- und Zwinkersmileys über den Chat zu schicken.

Meine Hose ist mittlerweile klatschnass. Ich hieve das sabbernde Baby hoch und trage es mit ausgestreckten Armen in das Kinderzimmer, wo der Wickeltisch steht. Als das Baby auf der Unterlage mit nacktem Hintern vor sich hin brabbelt, lasse ich mich erstmal in den Stuhl neben der Wickelkommode fallen. Gott, bin ich müde. Wie kann es sein, dass man den ganzen Tag nichts Sinnvolles macht und davon so fertig ist? Mit ein bisschen Pech wird das noch Wochen – Wochen! – so gehen.

Ich ziehe mich an der Wickelkommode hoch, wickle das Baby und stecke es in eine neue Strumpfhose mit Herzchen-Muster. Dann gehe ich ins Bad, um mir die Jogginghose trocken zu föhnen, denn ich habe keine frische mehr. Das Baby liegt auf dem flauschigen Vorleger und beobachtet das Prozedere mit großen Augen. Der Föhn verströmt einen seltsamen, leicht säuerlichen Duft. Ich schnuppere in der Luft. Nein, der Geruch kommt von meinem vollgesabberten T-Shirt. Ich gehe nochmal ins Schlafzimmer und hole eines von Martins T-Shirts, um mich frisch zu machen. Der Wecker zeigt an, dass es fast halb sechs ist. Martin müsste jetzt eigentlich jeden Moment kommen.

Ich schleppe mich und das immer schwerer werdende Baby in die Küche und entscheide, schon mal das Abendessen vorzubereiten. Der Geräuschkulisse zu Folge ist Noah im Wohnzimmer und spielt irgendetwas, das mit lauten Motoren und Explosionen zu tun hat. Das Baby sitzt in seiner Babyschale und leckt an einer Rassel, während ich im Tiefkühlregal noch eine Tüte Pommes und ein paar Fischstäbchen finde. Zusammen mit einem Stück Backpapier schütte ich alles auf das Backblech und verteile es. Whiskey kommt hereinspaziert und setzt sich auf den Tisch, wo sie sowohl das Baby als auch die Fischstäbchen im Auge hat.

Plötzlich ist im Flur zu hören, wie ein Schlüssel in die Haustür gesteckt und umdreht wird. Die Tür geht auf und schwere Winterschuhen stapfen in die Wohnung. Noah kommt aus dem Wohnzimmer gerast und wirft sich mit voller Wucht gegen seinen Vater.

»Papiiii!«, schreit er.

Whiskey schaut mich empört an, als wäre der Lärm meine Schuld. Ich linse von der Küchentür durch den Flur und sehe, wie Martin seine Jacke in der Garderobe aufhängt und sich ins Bad begibt, um sich die Hände zu waschen.

Gerade als ich den Tisch decke, kommt Martin herein.

»Hallo, Familie!«, sagt er, gibt mir einen Kuss und streichelt dann die Katze und das Baby. Er wirkt müde, aber das ist in letzter Zeit nicht ungewöhnlich.

»Wie war's heute?«, frage ich und versuche das Gewirr aus Pommes und Fischstäbchen auf dem Backblech irgendwie in Form zu bringen.

»Ganz okay«, erwidert Martin und gähnt. »Keine Handtaschen-Attacken oder ähnliches.«

Ich schiebe das Blech in den Ofen. Martin macht ein angewidertes Gesicht.

»Schon wieder Fischstäbchen? Wenn ich die noch einmal essen muss, sterbe ich an Fischvergiftung!«

»Haha! Kannst ja gerne selber kochen, wenn's dir nicht schmeckt!«, fauche ich zurück.

»Schon gut, Fisch ist ja so gesund!«, lenkt Martin schnell ein und nimmt das Baby hoch, um es abzuknutschen.

Als das Abendessen schließlich fertig ist, setzen wir uns an den Tisch und ich erzähle Martin von unserem Morgenkreis mit Imke und dem Call mit meiner Mutter und den Großeltern. Noah tunkt seine Pommes in einen See aus Ketchup, schlingt sie ratzeputz runter und deklariert sich mit vollem Mund zum Sieger. Emma bekommt die Baby-Version von Gemüserisotto aus dem Gläschen eingelöffelt, während Whiskey Noahs unangetastete Fischstäbchen beäugt und Millimeter für Millimeter näher an den Tisch rückt.

Danach gibt es den Schokopudding. Als alle satt sind und Whiskey die übrig gebliebenen Fischstäbchen von Noahs Teller geleckt hat, räume ich das schmutzige Geschirr in die Spülmasche, die jetzt wirklich randvoll ist. Martin lässt Noah indes ein Schaumbad in der Babybadewanne ein. Ich schalte die Spülmaschine ein, setze mich dann wieder an den Esstisch und fege mit einer müden Bewegung ein paar Brösel auf den Boden. Die Küche füllt sich mit Geräuschen von einlaufendem Wasser und Gläsern, die sanft aneinanderstoßen. Aus dem Bad ist Noahs helles Lachen zu hören.

Als Sohn und Baby schließlich in ihren Schlafanzügen stecken, beginnt der schönste Teil des Tages. Ich bin heute mit ins Bett bringen dran. Nein, das ist noch nicht der schöne Teil, aber der kommt gleich! Während Noah halb vergraben unter der Decke liegt und nur noch seine Augen samt Haaransatz zu sehen sind, lese ich ihm aus einem Geschichtenbuch vor, das ich vor einiger Zeit mal auf einem Flohmarkt für Kindersachen gefunden habe. Ich frage mich, wann es je wieder Flohmärkte geben wird.

Die heutige Geschichte dreht sich um einen kleinen Bären, der versucht auf einen Baum zu klettern, aber immer wieder runterfällt. Ich finde nicht heraus, was mit ihm schlussendlich passiert, denn mitten in der Geschichte hat Noah leise zu schnarchen begonnen. Ich lege das Buch beiseite und mache das Licht aus.

Martin hatte inzwischen Babydienst. Auf dem Tischchen vor dem Sofa steht eine leere Flasche Milch und das Baby schlummert bereits in einem Nest aus Kissen und Decken. Martin liegt am anderen Ende des Sofas mit dem Smartphone in der Hand. Der Geräusche nach zu urteilen, browst er irgendwelche Armwrestling-Videos auf YouTube.

Ich gehe schnell ins Bad und genehmige mir eine

Speed-Dusche mit maximal warmem Wasser. Meine Mutter duscht kalt, was viele sehr bewundern, aber ich habe es am liebsten heiß. Sehr heiß. Seltsamerweise habe ich dafür noch keine Bewunderung abgekriegt. Das Badezimmer füllt sich langsam mit Dampf und ich springe aus der Dusche, um mir meinen Pyjama anzuziehen. Aus einem der bunten Plastikbecher angle ich mir meine Zahnbürste und wähle die Zahnpasta mit Fluorid und Kräutergeschmack. Ein paar Mal schrubben, fertig.

Zurück im Wohnzimmer hat Martin bereits eine Wolldecke über sich ausgebreitet und den Fernseher angemacht. Seit ein paar Tagen sehen wir uns die neue Staffel von »The Walking Dead« an. Es sind mittlerweile so viele, dass ich vergessen habe, welche Nummer sie hat. Wir sind noch ganz am Anfang, weil abwechselnd ich oder Martin nach etwa zwanzig Minuten einpennen. In diesem Tempo brauchen wir drei bis vier Tage, um mit einer Folge fertig zu werden. Die Handlung ist ohnehin noch nicht sehr prickelnd, hat aber im Lichte des letzten Jahres eine neue und interessante Dimension angenommen.

Martin liebt es, die Zombies mit Kunden aus seiner Apotheke zu vergleichen. Wir haben sogar schon eine Zombie-Version von Martins Mutter gefunden. Eifrig haben wir auch nach einem Doppelgänger von Finn-Sebastians Mutter gesucht, nachdem sie mir ihre Beschwerde über meine Schaumgummi-Mäuse gemailt hatte. Wir haben es dann aber gelassen, da das auf irgendeiner Karma-Skala wahrscheinlich nicht so gut ankommt und wir doch alle wollen, dass diese Pandemie endlich mal vorbei ist.

Ich kuschle mich zu Martin unter die Decke und sehe zu, wie die Zombies mit lautem Schmatzen einen Überlebenden der Apokalypse auffressen. Mit ein bisschen Fantasie sieht eines davon aus wie ich. Ich drehe meinen Kopf zu Martin, um ihm meine Entdeckung mitzuteilen, doch Martin ist bereits eingeschlafen. Ich warte noch, bis die Zombies wieder im Wald verschwunden sind, dann schalte ich den Fernseher aus. Im Wohnzimmer macht sich Dunkelheit breit.

Ich gähne und erhebe mich vom Sofa. Das Baby hat seine Ärmchen über den Kopf gestreckt und röchelt leicht durch die Nase. Ich nehme es vorsichtig hoch und trage es ins Schlafzimmer, wo das ungemachte Bett auf uns wartet. Auch hier ist es fast komplett dunkel, nur durch die Ritzen der Jalousie fällt etwas Licht von einer Straßenlaterne. Das Baby und ich strecken uns auf dem Bett aus und verwandeln uns in einen großen und einen kleinen Wrap. Ich greife mit der Hand unter mein Kopfkissen – der Wecker liegt noch an seinem üblichen Platz. Na dann, Zähnchen, jetzt kannst du kommen.

Tür Nr. 12

Theresa

Ein leises Knacken und Rauschen durchdringen die Stille. Das Babyphon ist angegangen und es ist zu hören, wie jemand die Toilettenspülung betätigt. Ich öffne verschlafen die Augen. Weil es im Zimmer noch ganz dunkel ist und meine Augenlider eine halbe Tonne wiegen, schätze ich mal, dass es gegen acht Uhr morgens ist. Während ich mit gespitzten Ohren auf die Geräusche aus dem Babyphon lausche und dabei an die Decke starre, fällt mir auf, dass sich ein großer Riss von der Wohnzimmerlampe bis zum Fenster erstreckt. Wann der wohl entstanden ist? Ich habe ihn bislang gar nicht bemerkt. Vielleicht ist es passiert, als ich mit der Zwergpalme nach Jürgen geworfen und stattdessen die Wand getroffen habe. Es ist ja aber auch nicht so, als würde ich jeden Tag auf die Decke gucken. Das Babyphon rauscht einmal laut und ich höre, wie jemand eine Tür öffnet oder schließt. Danach ist es wieder still. Wahrscheinlich ist Papi aufs Klo gegangen und hat sich jetzt wieder hingelegt.

Ich möchte auch gerne weiterschlafen, aber ich liege auf etwas Hartem. Ein Griff mit der Hand befördert eine Pizzaschachtel unter meinem Allerwertesten hervor. Eine Mischung aus Scham und Entsetzen macht sich in meiner Brust breit. Habe ich die ganze Nacht darauf geschlafen? Wenn ja, sollte ich mal langsam damit anfangen, mir Gedanken zu meinem Lebenswandel in letzter Zeit zu machen. Ich krame in meinem Gedächtnis, um herauszufinden, wann ich das letzte Mal auf einer Pizzaschachtel eingeschlafen bin. Hmm … ah ja, noch nie. Schnell mache ich mir eine mentale Notiz: Lebensstil überdenken.

Ich bin müde, hundemüde. So muss sich Dornröschen kurz vor ihrem hundertjährigen Schlaf gefühlt haben. Leider ist Schlafen keine Option, denn Papi und Mami werden bestimmt bald aufstehen und bevor das in einer großen Katastrophe ausartet, muss ich in die Gänge kommen. Die Couch ächzt unter meinem Gewicht, als ich mich aufrichte.

»Du gutes, altes Stück wirst auch nicht mehr jünger«, sage ich und tätschle sie sanft. Ein paar rote Soßenflecken von meiner gestrigen Pizzaorgie zieren die Polsterung.

»Und schöner auch nicht«, füge ich mit gerunzelter Stirn hinzu.

Ich schwinge meine Beine auf den Boden. Auf dem Couchtisch liegen mein schwarzer Laptop, ein Headset, ein Weinglas und … oh, ein halbvolle Flasche Silvaner. Schnell schaue ich weg und werfe stattdessen einen Blick in die Pizzaschachtel, wo ich zwei zermatschte Stück Pizza mit Salami, Thunfisch, Speck, Ananas, Gorgonzola, Rucola und Garnelen entdecke. Mit einer hastigen Bewegung schließe ich die Schachtel und ergänze meine mentale Notiz: Lebensstil dringend überdenken. Gut, dass Mami und Papi nicht mehr zu mir runterkommen und sich ein Bild von meinem Sofa machen können

– wahrscheinlich würden sie mich gleich enterben.

Ich nehme die unrühmlichen Hinterlassenschaften der letzten Nacht mit in die Küche, um sie später zu entsorgen. Auf dem Weg dorthin gähne ich zweimal und noch einmal, als ich in die Kaffeemaschine Filter, Wasser und Kaffeepulver schütte Während die Maschine das Wasser aufheizt, hole ich eine Tasse aus dem Schrank und gebe schon mal drei Löffel Zucker hinein. Auf der Tasse steht in geschwungenen Buchstaben »Wenn Mama nein sagt, frag ich Oma.«

Ich seufze. Oma hat nichts zu sagen in letzter Zeit. Meine Enkelkinder Noah und Emma habe ich seit einem Monat nicht mehr gesehen. Die kleine Emma kann inzwischen bestimmt schon krabbeln. Beim Gedanken an Emmas herrlichem Babyduft fällt mir ein, dass ich ja heute mit Lena und den beiden Kleinen skypen wollte. Ich darf es nicht vergessen und muss Mami und Papi unbedingt rechtzeitig Bescheid geben.

Während der Kaffeespiegel in der Glaskanne zu steigen beginnt, gehe ich ins Badezimmer, um mich frisch zu machen. Das Babyphon begleitet mich, damit mir nicht entgeht, was Mami und Papi in ihrer Wohnung so treiben. Als ich vor der Dusche stehe, fällt mir auf, dass ich gar keinen Schlafanzug, sondern noch die Kleidung von gestern trage. Ich ziehe meine Bluse und meine Hose aus, die nach Mozzarella und Oregano riechen und steige unter die Dusche. Das kalte Wasser spritzt aus dem Duschkopf und vertreibt ein wenig meine Müdigkeit. Ich rubble mir die Haare, die Kälte lässt wohlige Schauer über meinen Rücken laufen.

Während dem Einseifen kommen langsam die Erinnerungen an meinen Siegeszug gestern Abend zurück. Ganze drei Mal habe ich Jürgen gekillt – erbarmungslos, aggressiv und voller Hingabe. Ich stelle mir vor, wie er mit offenem Mund vor dem Computer gesessen und versucht hat, vor mir zu fliehen. Aber es gab kein Entkommen, nicht dieses Mal. Das Adrenalin strömt durch meine Adern, wenn ich daran zurückdenke, wie ich ihn in die Ecke treibe und dann mein Messer zücke. Jürgen hatte keine Chance. Ob er heute Abend wieder spielen wird?

Ich vermeide den Blick in den Spiegel, als ich aus der Dusche steige. Meine Haare stehen zu Berge, legen sich aber wieder etwas als der Föhn sie mit warmer Luft trockenbläst. Der Luftstrom kitzelt meine Schultern. So fühlt es sich auch an, wenn Emma mit ihren kleinen Babyhändchen killekille bei mir macht. Ach, was würde ich jetzt für ein bisschen Kuscheln geben …

Ich gehe ins Schlafzimmer und hole mir aus dem Kleiderschrank frische Sachen zum Anziehen. Unterwäsche, schwarze Leggins und ein braunes Shirt mit langen Ärmeln. Mein Blick schweift so durchs Zimmer, dass ich das Bett nicht sehen kann. Ich weiß, es ist noch ordentlich gemacht, denn ich habe schon länger nicht mehr darin geschlafen. Wahrscheinlich hat sich schon eine ordentliche Staubschicht darauf gebildet und die Bettwanzen haben sich in meiner Rosenbettwäsche häuslich niedergelassen. Ich überlege, wann ich das letzte Mal darin geschlafen habe. Wahrscheinlich eine Woche nachdem Jürgen ausgezogen ist. Allein darin zu schlafen, kam mir seltsam vor und ich konnte nächtelang kein Auge zu tun. Seither schlafe ich auf dem Sofa, dessen Polsterung in beunruhigender Geschwindigkeit meine Körperform angenommen hat.

Zurück in der Küche schenke ich mir Kaffee mit Milch ein und esse zwei Scheiben Schwarzbrot mit Quittengelee, das ich im letzten Sommer eingekocht habe. Mein Handy liegt noch eingeschaltet auf dem Küchentisch und ich stöbere auf der Webseite der Stadt Nürnberg nach den aktuellen Inzidenzwerten der Region. In Nürnberg und Fürth sinkt die Inzidenz, nachdem sie zu Weihnachten fast bei 300 war. Der heutige Wert liegt bei 98. Trotzdem prophezeit man jetzt schon wieder eine Verlängerung des Lockdowns. Wenn das so weitergeht, werde ich Noah erst wieder zu seiner Abiturfeier sehen und die kleine Emma wird dann eine große Emma sein und kein killekille mehr bei mir machen.

Das Babyphon beginnt mit einem Schlag wieder zu Rauschen und es ist zu hören, wie ein Paar Füße über den Boden schlappt. Ah, Mami und Papi sind wohl gerade aufgestanden. Ich versuche mich wieder auf den Artikel zu konzentrieren, aber durch das Babyphon dringt ein lautes Schnaufen und irgendetwas fällt klirrend auf den Boden. Mein Körper begibt sich automatisch in Hab-Acht-Stellung und meine Ohren lauschen gespannt auf jedes kleine Geräusch. Ein paar Sekunden später ist es wieder still. Gott sei Dank, falscher Alarm.

Ich lege Tasse und Teller zu dem restlichen Geschirr, das sich in der Spüle stapelt und gehe ins Wohnzimmer, um den Laptop an das Ladekabel anzuschließen. Heute Abend muss er wieder einsatzbereit sein und mit kindlicher Vorfreude hoffe ich, dass Jürgen erneut zum Spielen auftauchen wird. Vielleicht probiere ich es heute mal mit einem Anschleichmanöver. Ich stelle mir vor, wie Jürgen sich vor Angst vor dem Computer windet, wenn ich Schritt für Schritt näherkomme und er realisiert, dass er mir hilflos ausgeliefert ist ... Bei diesem Gedanken entfährt mir ein schadenfrohes Kichern. Wie damals, als ich als kleines Mädchen Kekse aus Omas Gebäckschale entwendet habe, wohlwissend das Oma gerade dabei ist, meiner großen Schwester Barbara die Leviten für irgendeinen Schabernack zu lesen.

Durch das Babyphon dringen plötzlich das Klappern von Geschirr und das Surren einer Kaffeemaschine. Das ist mein Stichwort. Ich schlüpfe mit nackten Füßen in meine rosaroten, flauschigen Pantoffeln und nehme meinen Schlüsselbund aus dem Kästchen neben der Eingangstür. Im Treppenhaus ist es empfindlich kalt, denn in den letzten Tagen lag die Außentemperatur konstant bei null Grad. Trotzdem muss ich an den Artikel aus den Nachrichten denken und kippe das Fenster zum Innenhof hin, damit frische Luft ins Gebäude kommt. Keine Chance dem Virus!!

Im ersten Stock angekommen befördert mich der Zweitschlüssel in die Wohnung von Mami und Papi. Ich betrete sie über den Flur und sehe auf der Kommode neben dem Schuhschrank die Sendestation des Babyphons fröhlich blinken. Ein bisschen Staub hat sich darauf angesammelt, aber ich wische ihn mit dem Ärmel meines Shirts gleich weg. Papi steht bereits im Esszimmer, wo er mit dem Rücken zu mir den Tisch deckt.

»Guten Morgen, Papi!«, rufe ich laut. Papi scheint sein Hörgerät noch nicht eingesetzt zu haben, denn er dreht sich nicht um und ist ganz in die Anordnung des Bestecks vertieft. Ich gehe stattdessen mit ein paar Schritten in das Wohnzimmer, wo Mami im Schlafanzug und mit offenem Mund in ihrem Lehnstuhl schläft. Ihr sonst so sorgsam hochtoupiertes, schlohweißes Haar ist vom Schlafen komplett flach gedrückt. Ich rüttle sanft an ihrer Schulter und sie schlägt die Augen auf.

»Ja, hallo, Barbara!«, sagt sie und ein Lächeln macht sich auf ihrem Gesicht breit. Sie richtet sich auf und schaut auf ihren Pyjama. »Ist schon Schlafenszeit?«

»Nein, Mami, es ist Morgen und du bist nach dem Aufstehen wieder in deinem Sessel eingeschlafen. Und es ist Thesi – nicht Barbara. Komm, geh dich anziehen! Papi richtet schon das Frühstück her«, sage ich und greife mit beiden Händen unter ihre Achseln, um ihr beim Aufstehen zu helfen. Mami erhebt sich wackelig und schlurft mit ausgestreckten Armen ins Bad.

Papi hat sich in der Zwischenzeit im Esszimmer an den Tisch gesetzt und bestreicht ein Brötchen mit Himbeermarmelade.

»Guten Morgen, Papi! Wie hast du heute Nacht geschlafen?«, frage ich und hoffe, dass er seine Hörgeräte mittlerweile drin hat.

»Ach, so lala … ich musste drei Mal auf die Toilette und konnte dann eine Ewigkeit lang nicht mehr einschlafen«, sagt er und leckt Marmelade vom Messer. Check, Hörgerät eingesetzt!

Ich werde rot. Ach, wirklich? Das habe ich gar nicht gemerkt. Wahrscheinlich habe ich nach meinem grandiosen Lynchmord an Jürgen so tief geschlafen, dass ich das Babyphon nicht gehört habe. Aus dem Badezimmer dringt das Geräusch der Toilettenspülung, ein lautes Gurgeln und irgendetwas schwappt und rinnt zu Boden. Oh, nein … nicht schon wieder!

Ich laufe ins Badezimmer, denn mir schwant ein böser Verdacht. Mami steht vor der Toilette und mustert mit milder Verwunderung das Wasser, das über den Rand der Klobrille auf den Fußboden fließt. Ich werfe einen Blick in die Kloschüssel und sehe eine Einwegbinde im Wasser schwimmen. Ich seufze.

»Mami, du darfst die Binden nicht in die Toilette werfen! Sonst verstopft der Abfluss und alles läuft über!«, sage ich laut und tätschle Mami am Arm. Zum hundertsten Mal …

»Ach so?«, sagt Mami erstaunt und will nach dem Abflusssauger greifen. Ich komme ihr zuvor und bedeute ihr mit einer Geste, dass ich mich darum kümmern werde. Dabei fällt mein Blick auf Mamis Aufmachung: eine graue Seidenbluse und ihre schöne Perlenkette. Dazu hat sie sich eine hautfarbene Feinstrumpfhose angezogen und darüber ihren Slip. Ich muss lachen, gleichzeitig ist mir zum Weinen zu Mute.

»Sag mal, Mami, was trägst du denn da? Die Unterwäsche muss doch unter die Strumpfhose – nicht umgekehrt!«, rufe ich fröhlich und deute auf ihren merkwürdigen Aufzug.

An Mamis erstauntem Gesichtsausdruck kann ich erkennen, dass ihr ein Licht aufgeht. Sie rümpft die Nase in gespielter Beleidigung.

»Warte nur! Wenn du so alt bist wie ich, machst du auch so bescheuerte Sachen!«

Nachdem ich Mami in ihren Rock geholfen habe, begleite ich sie ins Esszimmer, wo sie sich zu Papi setzt und nach dem Marmeladenbrot auf ihrem Teller greift. Dann wende ich mich der Überflutung im

Badezimmer zu.

Während ich versuche mit der Saugglocke die Verstopfung zu beseitigen, muss ich wieder an Jürgen denken. Zugegebenermaßen denke ich viel öfter an diesen Mistkerl als ich es sollte. Jürgen hat sich früher immer um die technischen Pannen bei uns zu Hause gekümmert. Und auch um die meiner Eltern, wobei die Zahl der »Unfälle« seit dem Beginn der Pandemie rasant zugenommen hat. Genauer gesagt, seit Mami und Papi stets zu Hause sind und nicht mehr rausgehen. Jürgen hat schnell durchblicken lassen, dass ihm die tägliche Sorge um meine Eltern gehörig stinkt. Insbesondere, als er sich kurz nach dem ersten Lockdown beim Auswechseln einer kaputten Glühbirne das Knie verdreht und gemerkt hat, dass auch er nicht mehr jünger wird. Wahrscheinlich wollte er durch Mamis und Papis Gebrechlichkeit nicht daran erinnert werden, dass der Sensenmann nun potenziell jederzeit grüßen könnte.

Und dann noch die viele Streiterei bei uns zu Hause ... und Langeweile. Endlose Langeweile. Trost und Abwechslung hat er schließlich bei einer Kollegin aus seinem Lehrerkader gefunden. Ich schlucke. Einer wesentlich jüngeren Kollegin. Ich beiße die Zähne zusammen, während ich die Toilettenspülung betätige und das Wasser rauschend durch den freien Abfluss rinnt. Ich spüre bittere Galle in mir Aufsteigen. Scheiß auf das Anschleichmanöver – ich werde den Dämlack heute Nacht einfach niedermetzeln!

Nachdem auch die Wasserpfützen mit Hilfe des Wischmopps verschwunden sind, setze ich mich zu Mami und Papi an den Frühstückstisch.

»Sooo, Problem behoben!«, rufe ich fröhlich und

schenke mir eine Tasse Kaffee mit Milch und Zucker ein. Papi hat Omas kostbares Erbporzellan aufgetischt – zierliche Tassen und Teller mit Blümchendruck und Goldrand. Späte 1930er Jahre.

»Nanu, erwartet ihr heute Gäste?«, frage ich laut und nippe am Kaffee.

Papi lässt die Zeitung sinken und blickt über den Rand seiner Lesebrille in meine Richtung.

»Na, hör mal, das ist für uns! Wir müssen es noch ein paar Mal benutzen, bevor wir ins Gras beißen. Alte Leute wie wir haben nicht mehr viele Möglichkeiten, sich zu vergnügen …«

Ich fühle mich gerügt wie ein kleines Mädchen und senke meine Nase tief ins Omas Angeberporzellan, damit man mein rotes Gesicht nicht sieht. Um mich abzulenken, schnappe ich mir ein Hörnchen aus dem Brotkorb und esse es mit etwas Butter. Der Rest des Frühstücks verläuft wortlos.

Im Anschluss an das Frühstück trägt Papi das leere Geschirr mit wackeligen Schritten in die Küche, um es abzuspülen. Während das Plätschern des Wassers zu hören ist, sortiere ich im Wohnzimmer Mamis und Papis Medikamente und lege sie in die dafür vorgesehenen Plastikdöschen. Für jeden Wochentag eine, mit jeweils einem Fächlein für die Pillen morgens, mittags, abends und nach Bedarf. Ich muss mich ordentlich konzentrieren, um über Acebutolol, Ginkobil und Co. nicht einzuschlafen und überprüfe jede Schachtel zweimal, um sicher zu gehen, dass ich auch wirklich nichts verwechselt oder vergessen habe. Der viele Kaffee hat mich fahrig gemacht und meine Hände zittern, als hätte ich die ganze Nacht bei einem Turnier für Armdrücken mitgemacht.

Als gefühlt zehn Dutzend Tabletten aus den Blisterpackungen gedrückt und einsortiert sind, bin ich schließlich fertig.

Ich gähne zum hundertsten Mal und plötzlich kommt mir eine Idee. Wenn ich die Tabletten jetzt alle auf einmal nehmen würde, schliefe ich wahrscheinlich sofort ein. Hier auf Omas altem, kuschligem Angeberteppich aus Kaschmirseide. Ganz tief. Für immer. Die Vorstellung hat etwas Verlockendes, doch dann muss ich daran denken, dass Mami und Papi wahrscheinlich in ein Heim müssten, wenn ich nicht mehr wäre. Wer würde dann dafür sorgen, dass sie mit Lena und den Kleinen regelmäßig skypen? Und wer würde Papi an das nächste Spiel des FC Nürnberg erinnern? Ich seufze. Die ewigen Jagdgründe müssen wohl noch etwas auf mich warten.

Nach dem Sortieren der Tabletten werfe ich einen Blick in den Vorratsschrank und notiere mir die Sachen, die ich morgen einkaufen muss. Mami steht im Türrahmen zur Küche und mustert mich wie ein seltenes Tier.

»Wo sind denn deine Strümpfe, Barbara? Ist dir nicht kalt?«, fragt sie mit milder Verwunderung, als ihr Blick auf meine nackten Füße fällt.

Zum Glück sieht sie nur noch schlecht und kann meine Fußnägel nicht betrachten, an denen der rote Lack bereits abzublättern beginnt.

»Nein, Mami, meine Schlappen sind schön warm! Und es ist Thesi – nicht Barbara«, sage ich laut und notiere »Leberwurst« und »Toastbrot« auf dem Einkaufszettel.

Ich durchforste den Kühlschrank und sehe, dass auch die Butter langsam knapp wird. Im mittleren Fach liegen eine Packung Käse und eine halbe Rolle

Leberwurst. Eine Bewegung in den Augenwinkeln sagt mir, dass Mami noch in der Tür steht und mich beobachtet.

»Brauchst du was, Mami?«

»Ist dir nicht kalt mit deinen nackten Füßen?«, fragt sie mit Unschuldsmiene.

»Nein, Mami, meine Schlappen sind schön warm!«, sage ich lächelnd und zeige auf meine flauschigen, rosaroten Hausschuhe. Mami mustert sie mit abwesendem Blick, als würde sie in einer imaginären Vogue blättern, um zu prüfen, ob diese Schuhe auch modekonform sind. Ich werfe einen Blick in den Abfalleimer und nehme den vollen Sack heraus, um ihn später nach unten zur Mülltonne zu bringen. Danach kommt noch ein frisches Geschirrtuch zur Spüle, damit Papi am Abend wieder den Abwasch erledigen kann. Mami steht noch immer reglos im Eingang zur Küche.

»Ist dir nicht kalt mit deinen nackten Füßen?«

Erde, tu dich auf …

»Nein, Mami, meine Schlappen sind schön warm!«, presse ich so laut es geht zwischen meinen zusammengebissenen Zähnen hervor. Ich schnappe mir den Müllsack, werfe ihn mir heftiger als nötig über die Schultern und suche das Weite, bevor Mami auf die Idee kommt, mir ein Paar ihrer alten, weißen Stricksocken anzubieten.

Ich lasse Mami im Türrahmen stehen und stelle den Müllsack vor die Haustür. Jetzt ist Papi dran. Er sitzt im Wohnzimmer und blättert in einer Apothekenbroschüre mit der Aufschrift »Gesundheitstipps für Best Ager«, die ihm mein Schwiegersohn Martin von der Arbeit mitgebracht hat. Seine Kompressionsstrümpfe liegen auf der Armlehne seines Sessels, seine Füße sind noch nackt.

»Heb mal deine Hufe an, Papi!«, sage ich laut und stülpe den ersten Strumpf über Papis rechten Fuß, den er mir artig hinhält. Während ich mit großer Mühe den Strumpf über Papis dicken Knöchel ziehe und ihn mehr schlecht als recht zurechtzupfe, versuche ich, nicht auf seine viel zu langen Fußnägel zu schauen, was mir natürlich nicht gelingt. Grundgütiger, das sieht ja mittlerweile wirklich schlimm aus. Ein Wunder, dass Papi sich noch nicht beschwert hat, das würde mich vor ein großes Dilemma stellen. Nägel Schneiden ist das einzige, um das ich immer einen großen Bogen mache. Bislang war es auch nicht notwendig, da vor der Pandemie alle zwei Wochen eine Bekannte vorbeikam, um bei meinen Eltern Fußpflege zu machen. Doch seitdem die körpernahen Dienstleister alle geschlossen haben, führen Mamis und Papis Zehennägel ein gesetzloses Eigenleben und halten mir nun jeden Tag ein bisschen mehr meine Unzulänglichkeit vor Augen.

»Was gibt es denn heute Gutes zu essen?«, fragt Papi und blinzelt über den Rand seiner Lesebrille zu mir hinunter. Ich nutze die Gelegenheit, um mich von der immer näher rückenden Nagelpflege abzulenken, und krame in meinem Gedächtnis.

»Wiener Schnitzel mit Kartoffeln und Salat«, sage ich, froh, dass der Silvaner gestern nicht meine komplette Festplatte gelöscht hat. Keuchend ziehe ich Papi den zweiten Strumpf an.

»Was machst du denn da für Geräusche? Hast du Presswehen?«, fragt Papi ungeniert, während ich mir von der Plackerei den Schweiß von der Stirn wische.

»Ach, du mit deinen Sprüchen!«, rüge ich ihn und

laufe dabei puterrot an. »Du solltest dich mal nachts schnarchen hören, da fallen einem glatt die Ohren ab.«

Ich tätschle sein Knie und erhebe mich ächzend. »Und bevor ich es vergesse: Heute Nachmittag telefonieren wir wieder mit Lena und den Kleinen – nur damit du Bescheid weißt!«

Papi grunzt zustimmend und wendet sich dann wieder seiner Zeitschrift zu. Als ich mir den Rücken reibe und mich etwas strecke, höre ich plötzlich eine laute Stimme durch den Flur schallen. Sie klingt metallisch und etwas abgehackt. Oh, oh, das kommt mir bekannt vor. Sofort nehme ich meine Beine in die Hand und stürme in den Flur. Mami steht vor der Telefonanlage mit dem roten Notfallknopf und wundert sich über die Stimme, die aus dem Gerät kommt. So wie Aladdin, der vor seiner Wunderlampe steht, nur leider kommt kein Dschinni raus, um mir drei Wünsche zu erfüllen.

»Frau Lewandowski? Sind Sie da? … Geht es Ihnen gut? Wie kann ich Ihnen behilflich sein?«, dröhnt es aus der Anlage, deren Lautsprecher Jürgen damals auf maximale Lautstärke eingestellt hat. Gott sei Dank, es ist noch nicht zu spät!

Ich hole tief Luft und beuge mich nah zur Sprechanlage hin.

»Hallo, hier ist die Tochter von Frau Lewandowski! Tut mir leid, meine Mutter hat den Knopf aus Versehen gedrückt. Bei uns ist alles in Ordnung!«

Vor lauter Hektik überschlägt sich meine Stimme und ich bekomme zwischen den Worten kaum Luft. »Sie brauchen keinen Krankenwagen zu schicken, es geht allen gut!«, rufe ich zur Sicherheit nochmal laut, ich habe nämlich keinen blassen Schimmer, wo genau hier das Mikrofon ist. Mein Herz schlägt so wild, dass ich fast überzeugt bin, der Mensch am anderen Ende der Leitung kann es hören.

»Na, das freut mich! Schön, zu hören, dass es Ihnen gut geht!«

Die junge Männerstimme lacht kurz.

»Jetzt haben sie schon so oft angerufen, dass ich nun jedes Mal glaube, diesmal ist wirklich was Schlimmes passiert! Einen schönen Tag noch!«

Dann ertönt kurz das Freizeichen und es ist wieder still.

Ich laufe krebsrot an. Also, so oft ist das nun auch wieder nicht passiert! Ich versuche mich im Kopf an einer Umschlagszählung, um nachzurechnen, wie oft wir jetzt schon falschen Alarm ausgelöst haben. Mami hat ein paar Mal gedrückt, das ist schon richtig. Durch ihr Goldfischgedächtnis kann sie sich nicht merken, dass der Knopf nur für Notfälle ist, um ohne umständliches Rumhantieren am Telefon sofort mit der Rettung verbunden zu werden. Und Noah hatte eine Phase, in der ihn der leuchtend rote Notfallknopf magisch angezogen hat. Einmal hat er den Knopf gedrückt und dem Rot-Kreuz-Menschen anschließend das Lied von Feuerwehrmann Sam vorgesungen. Der Mensch hat Noah mit Lob überschüttet und mich anschließend mit eindringlicher Stimme gerügt, der Notfallknopf müsse für Kinder unzugänglich platziert werden.

Ich packe Mami, die unser Gespräch mit großem Staunen verfolgt hat, bei den Schultern und führe sie zu Papi ins Wohnzimmer, wo ich sie in ihren Sessel verfrachte und ihr die gestrige Tageszeitung in die Hand drücke. Papi verdreht kurz die Augen, um zu signalisieren, dass er das Telefonat mitbekommen hat, widmet sich dann aber wieder seiner Broschüre. Zurück im Flur rücke ich die Telefonanlage mit dem Notfallknopf hinter eine Grünlilie, in der Hoffnung, dass Mami sie beim Vorbeigehen nicht gleich wieder bemerkt.

Als ich an das peinliche Gespräch vorhin denken muss, fühle ich mich an den Vorfall mit dem Gesundheitsbeamten letzten September erinnert. Dabei hatte sich irgendein Witzbold zur Datenrückverfolgung bei einem Cafébesuch eine imaginäre Telefonnummer ausgedacht, um nicht seine eigene angeben zu müssen. Und dabei ausgerechnet Mamis und Papis aufgeschrieben. Als in dem Café dann ein positiver Fall registriert wurde, rief über die Datenrückverfolgung ein Mensch vom örtlichen Gesundheitsamt an. Wir hatten gerade eine Partie Rommee begonnen und Mami hatte ihre Karten auf dem Teppich verstreut, als es klingelte. Papi ist rangegangen, hat aber nichts verstanden. Mit ungläubigem Kopfschütteln hat er den Hörer schließlich mir gereicht. Am Telefon war ein Mann – ein Stephan irgendwas.

»Hallo? Spreche ich hier mit Frodo Beutlin? Ich muss Sie informieren, dass Sie am dritten September im Café Sonnwende Kontakt mit einer positiv getesteten Person hatten. Sie müssen somit vierzehn Tage lang in Quarantäne! … Wie? Sie sind nicht Frodo Beutlin? Der Name und die Nummer stehen hier aber?!«

Eine geschlagene Viertelstunde lang habe ich versucht, dem Beamten klarzumachen, dass hier nicht das Auenland ist und hier niemand Frodo Beutlin heißt. Und dass keiner von uns je im Café Sonnwende Schwarzwälder Kirschtorte gegessen hat. Nachdem der Gesundheitsmensch schließlich aufgegeben und ich einen Puls von 220 hatte, habe ich mich zurück an den Tisch gesetzt, wo Mami mich beim Rommee ordentlich abgezockt hat.

Um all den unerfreulichen Kram zu vergessen, beschließe ich kurzerhand, die Wohnung zu saugen. Der Staubsauger befindet sich im Schlafzimmer, wo er zwischen Papis alten Sakkos und Krawatten im Kleiderschrank sein Dasein fristet. Ich hole ihn heraus, beginne in der Küche und sauge die Brotbrösel von heute früh ein. Mami kommt währenddessen aus dem Wohnzimmer geschlappt und findet ihren Weg ins Schlafzimmer, wo sie beginnt, die Betten zu machen. Ich atme durch. Da kann ja nicht allzu viel schiefgehen ...

Vor der Pandemie hatten Mami und Papi eine Putzfrau, die alle zwei Wochen kam, um die Wohnung in Ordnung zu halten. Dass sie auch noch in anderen Haushalten putzt, war mir nicht geheuer, denn man weiß ja nie, ob sie dann nicht was einschleppt und Mami oder Papi plötzlich am Beatmungsschlauch hängen. Daher habe ich ihr wohl oder übel gekündigt und putze die Wohnung seither selbst. Mami hat mehrmals versucht, mich zu unterstützen. Einmal hat sie nasse Wäsche in die Kommoden gelegt und in die Waschmaschine Kaffeepulver geschüttet. Das hätte ich noch verkraftet, bis schließlich das Ohrring-Desaster passiert ist. Dabei hat Mami am zweiten Weihnachtsfeiertag mit dem Staubsauger Omas teure Angeber-Perlohrringe eingesaugt. Bei Minusgraden musste ich anschließend in den Mülltonnen zwischen Geschenkpapier und Überresten einer

Weihnachtsgans nach dem weggeschmissenen Staubbeutel suchen. Seither hat Mami Putzverbot und darf nur noch die Betten machen. Hilfreich wäre es, wenn sie sich das auch merken könnte.

»Du bist aber fleißig! Soll ich dir helfen?«

Mami steht im Türrahmen zum Schlafzimmer und beobachtet mich beim Staubsaugen. Oh Gott, nur das nicht!

»Lass nur, Mami! Das bisschen Saubermachen schaff ich auch allein!«, lache ich fröhlich und schwenke zu Demonstrationszwecken den Staubsauger wild hin und her. Mami macht große Augen.

»Bist du dir sicher?«, fragt sie ungläubig, als wäre ich ein kleines Mädchen und hätte gerade ein Bonbon ausgeschlagen.

»Aber ja – das mach ich doch gerne!«, rufe ich laut und setze ein Strahlen auf. »Geh doch lieber mal Zähne putzen!«

»Ist schon Schlafenszeit?«

Herr, wirf Hirn vom Himmel …

»Nein, Mami. Du hast doch gerade gefrühstückt.«

Mami überlegt.

»Stimmt! Wir wollen doch nicht, dass die Zahnmonster kommen …«, lenkt sie schließlich ein und schlurft ins Badezimmer. Ein Stich durchfährt mein Herz. Der Spruch stammt von meinem Enkel Noah.

Als ich schließlich die Wohnung von kaum vorhandenem Staub befreit habe, wird es langsam Zeit zu Kochen. Es ist schon nach elf und Mami und Papi sind es gewohnt, um eins zu Mittag zu essen. Vorher muss ich bei Papi aber noch Schulden einsammeln gehen. Der sitzt wie gewohnt im Wohnzimmer und hat seine Broschüre gegen einen Krimi von John

Grisham ausgetauscht.

»Du, Papi! Ich krieg noch Geld für die Einkäufe gestern.«

Papi blickt von seinem Wälzer auf und mustert mich. »Ach ja? Wie viel bekommst du denn?«

Laut zähle ich die Posten der einzelnen Besorgungen auf.

»Also ... das wären einmal 10,15 Euro vom Metzger für den Wursteintopf, 23,72 Euro für die Sachen vom Kupsch und 3,02 Euro für das Brot vom Bäcker. Das macht also ... äh ...«

Angestrengt versuche ich, meine müden Gehirnzellen zu einer Additionsrechnung zu überreden.

»36,89 Euro«, sagt Mami, die plötzlich im Türrahmen steht, wie aus der Pistole geschossen. Offensichtlich ist sie schon fertig mit Zähneputzen oder hat vergessen, dass sie das vorhatte. Papi nimmt wortlos seinen Geldbeutel aus dem Bürokästchen neben ihm, während ich Mami mit offenem Mund anstarre.

»Bitte schön, ihr Trinkgeld, Frollein!«

Papi reicht mir drei Scheine und eine Zwei-Euro-Münze. Ich klappe meinen Mund zu und zähle das Geld. 37 Euro insgesamt. Ich bedanke mich artig und kündige an, dass ich mich jetzt zum Kochen in meine eigene Wohnung zurückziehen werde. Mami tritt aus dem Türrahmen heraus, um mir Platz zu machen.

»Darf ich dir zumindest noch einen Keks anbieten?«, fragt sie mit weicher Stimme.

Mmh, Kekse ...

»Nein, danke, Mami! Iss die lieber mal selbst!«, sage ich. »Du bist ja sowieso nur Haut und Knochen

– da können dir ein paar Kekse nicht schaden.«

Mit einem freundlichen Lächeln verabschiede ich mich und husche durch den Flur Richtung Ausgang.

»Na, wenn du meinst …«

Ich öffne die Haustüre und sehe wie Mami ins Wohnzimmer schlappt. Die Sendestation für das Babyphon blinkt fröhlich zum Abschied.

Zurück in der Wohnung werfe ich den Schlüssel auf das Kästchen neben dem Eingang und hechte in die Küche. Über dem Backofen befindet sich ein Schrankaufsatz, in dem ein paar Grundnahrungsmittel wie Mehl, Zucker, Salz und dergleichen aufbewahrt werden. Wenn mich nicht alles täuscht, müsste ganz hinten noch eine Packung Butterkekse liegen. Ich hole mir einen Stuhl vom Esstisch, um mit dem Arm hinter die staubigen Päckchen zu gelangen. In der rechten hinteren Ecke finde ich schließlich die Packung Butterkekse, die zu meiner Enttäuschung bereits halb leer ist. Keine Ahnung, wann ich die gegessen habe.

Mit einem Ächzen steige ich vom Stuhl herunter und lasse mich auf ihn nieder. Mein Körper fällt in sich zusammen wie ein Kartenhaus. Mit letzter Kraft fische ich einen Keks aus der Verpackung und beiße hinein. Meine Augen fallen zu und ich spüre vage, wie der Keks zwischen meinen Zähnen zerschmilzt. Ich nehme einen neuen Keks und dann noch einen. Ein Spruch meines Opas fällt mir wieder ein: Das Leben ist lebenswert, solange es gutes Essen gibt. Und gute Kekse, ergänze ich mental. Viele gute Kekse. Tonnenweise Kekse.

Träge öffne ich wieder meine Augen. Am Kühlschrank hängen Zeichnungen, die Noah mir während dem Lockdown geschenkt hat, um zu zeigen, dass er mich nicht vergessen hat. Zumindest wurde mir das so verkauft. Meine Vermutungen gehen allerdings dahin, dass Lena ihn dazu genötigt hat – als Beschäftigungstherapie für die Zeit ohne Kindergarten. Vor der Pandemie hat mir Noah nie etwas gezeichnet.

Ich kaue auf einem neuen Keks herum und betrachte die Zeichnungen eindringlicher. Da ist ein T-Rex, der einen Menschen auffrisst und eine scharlachrote Feuerwehr mit einem überdimensionalen Blaulicht. Noahs Lieblingsmotiv aber sind diese popeligen Rettungshunde, deren Sendung es seit einiger Zeit auf Netflix gibt. Ganze drei Blätter davon hängen am Kühlschrank. In dem Gewirr aus zittrigen Farbstiftlinien glaube ich mehrere Schnauzen, Pfoten und Hundeschwänze zu erkennen. Noah hat mir mal die Namen der Hunde aufgezählt, aber ich kann mich nicht mehr an sie erinnern. Während ich vergeblich in meinem Gedächtnis krame, greife ich nochmal in die Kekspackung. Verdammt – leer.

Mittlerweile ist es fast halb zwölf. Ich sollte langsam mal einen Zahn zulegen und zu Kochen anfangen. Ich hole die Schnitzel und die Eier aus dem Kühlschrank und baue mit Suppentellern eine Panierstraße auf. In die Pfanne kommt eine zwei Finger dicke Schicht aus Butterschmalz, das in der Wärme einen angenehmen Duft verströmt. In einem Topf mit kochendem Wasser garen die Kartoffeln geduldig vor sich hin. Während ich das Fleisch in Mehl und verquirlten Eiern wende und mit Semmelbrösel bedecke, muss ich wieder an Jürgen denken.

Jürgen hat meine Wiener Schnitzel geliebt. Und meinen Kartoffelsalat konnte er kiloweise essen.

Leider hat sein Respekt vor meinen Kochkünsten nicht ausgereicht, um bei mir zu bleiben. Noch im ersten Lockdown hat er sich von mir getrennt und die Scheidung eingereicht. Nach 36 Jahren Ehe! Wie kann man so ein gemeinschaftliches Lebenswerk einfach in die Tonne treten? Und das ausgerechnet zu dem Zeitpunkt, wo wir beide frisch pensioniert waren und endlich mal Zeit für uns gehabt hätten. Na gut, Mami und Papi sind ja auch noch da … so gesehen hatten wir eigentlich nicht allzu viel Zeit für uns. Und dann noch dieses blöde Virus. Da konnte man beizeiten ja nicht einmal die eigene Wohnung verlassen …

Ich schüttle energisch den Kopf und spritze dabei versehentlich etwas Ei auf die Arbeitsfläche. Das ist doch alles Jürgens Schuld! Typisch Männer! Kaum müssen sie sich mal um jemand anderes als um sich selbst kümmern, ziehen sie gleich den Schwanz ein und suchen mit ihrer Geliebten das Weite. Wütend schrubbe ich mit dem Küchenschwamm das festgebrannte Ei von der Herdplatte. Und dann noch die Frechheit besitzen, mir Vorhaltungen zu machen. Das Leben mit mir wäre zu eintönig, zu ermüdend, zu eingeschränkt, zu blablabla!

Dabei muss doch irgendjemand für Mami und Papi da sein! Da kann man nicht mal schnell seine Koffer packen und auf Weltreise gehen. Oder jedes Wochenende die Disco besuchen und am nächsten Tag bis in die Puppen schlafen. Oder lange Wanderungen planen. Oder sich mit Freunden betrinken. Oder neue Hobbies anfangen. Oder spontane Städtetrips machen. Oder … ja … eigentlich irgendwas machen. Aber als wir noch jünger und Lena noch klein war, haben sich Mami und Papi auch immer um uns gekümmert. Soll ich sie jetzt einfach im Stich lassen??

Heute noch höre ich Jürgens Stimme im Ohr, wie damals, als wir uns wieder mal gestritten haben. Jürgen meinte immer, wir hätten uns mehr Freiheit verdient und mehr Unabhängigkeit. Wir könnten uns doch nicht von Mami und Papi an die kurze Leine nehmen lassen, bis wir selbst alt und pflegebedürftig sind. Bei diesem Gedanken muss ich schnauben. Tja, lieber Jürgen, das ist Familie – so funktioniert das nun mal!

Obwohl … bei der Vorstellung, wieder einmal tanzen zu gehen, kommen ganz seltsame Gefühle in mir hoch. Früher haben Jürgen und ich viel getanzt. Unser Lieblingstanz war die Rumba und wir hatten eine Stammbar, in der vor allem lateinamerikanische Musik gespielt worden ist. Wie schön das alles war. Die geschmeidigen, lasziven Bewegungen unserer Körper. Das erotische Klappern der Tanzschuhe. Diese unendlich warmen, weichen Gitarrenklänge …

Ich spüre, wie mir die Tränen in die Augen steigen und schüttle nochmal den Kopf, um diese Tagträumerei aus meinem weich gedünsteten Hirn zu bekommen. So ist das Leben nun mal, daran lässt sich nichts ändern!

Jürgen hat sich dann nach endlosen Streitereien während dem ersten Lockdown entschieden, sich von mir zu trennen und all das zu verwirklichen, wovon ich und Mami und Papi ihn seiner Meinung nach viel zu lang abgehalten haben. Zusammen mit Ilka, seiner Kollegin aus dem Lehrerkader. Ich hab schon immer geahnt, dass zwischen den beiden was läuft. Auch wenn Jürgen es jedes Mal vehement abgestritten hat.

Mit 63 Jahren verlassen zu werden – das hat bei mir eingeschlagen wie eine Bombe. Wahrscheinlich wäre ich vollends durchgedreht, hätte das Imperium nicht von selbst zurückgeschlagen. Das Virus kam und Jürgen hat es bei einer unerlaubten Party mit nach Hause genommen. Vierzehn Tage Quarantäne und Ilka-Verbot. So ganz allein in seiner brandneuen Single-Wohnung war es Jürgen, dem frisch pensionierten Lebemann, plötzlich sterbenslangweilig. Auch ohne mich. Muhaha!

In seiner Verzweiflung hat Jürgen mich dann abends um sieben über WhatsApp angeschrieben: »Was machst du so?« Das hat mir fast die Sprache verschlagen. Ich fand es ja schon rotzfrech, dass er es wagt, mir zu schreiben. Und dann auch noch sowas impotentes wie »Was machst du so?« Ist man mit 63 etwa schon zu alt für einen ordentlichen Anmachspruch? Plötzlich tat mir Ilka leid. Sogar sie hat etwas Besseres verdient.

Um Jürgen zu zeigen, dass mich sein Abgang so gar nicht juckt und ich auch sehr gut ohne ihn klarkomme, habe ich ihm mal locker flockig zurückgeschrieben. Um ehrlich zu sein, hat es mich natürlich gejuckt – ganz gewaltig sogar – aber das muss Jürgen ja nicht wissen. Am liebsten hätte ich sowas geschrieben wie »Trinke grad Champagner mit den Mädels und tanze mir die Füße wund«, aber das ging ja nicht wegen der Ausgangssperre und dem Kontaktverbot. Also hab ich Jürgen nur geschrieben, dass ich es mir zu Hause bei einem Glas Rotwein gemütlich gemacht habe.

Schnell hat sich herausgestellt, dass Jürgen mit Kopfschmerzen und Schnupfen auf der Couch liegt und dringend Ablenkung von seinem qualvollen Männerschnupfen-Martyrium benötigt. Also hat er vorgeschlagen, zusammen am Computer Among Us zu spielen. Zuerst habe ich ja gedacht, Jürgen hätte sich vertippt und die Autokorrektur hätte zugeschlagen. Aber nein, er wollte tatsächlich, dass ich mit ihm so ein Online-Spiel ausprobiere. Angeblich hätten seine Abiturienten ihm das empfohlen. Und Jürgen, der sich sein Älterwerden ja nicht eingestehen kann und deshalb immer jede Marotte seiner Schüler mitmachen muss, hat sich nicht allein getraut und deswegen mich kontaktiert.

Unter normalen Umständen hätte ich ihn gefragt, ob er noch alle Tassen im Schrank hat. Doch zu meiner eigenen Überraschung habe ich schließlich zugesagt. Weil ich nämlich selbst dringend Ablenkung von meinem Alltag gebraucht habe. Ich kann mich noch genau erinnern, dass Mami an diesem Tag aus der Wohnung ausgebüchst und im Haus spazieren gegangen ist. Zwanzig Minuten lang habe ich sie panisch gesucht und war drauf und dran, die Polizei anzurufen, als schließlich ein Anruf von Lena kam. Mami ist in ihre Wohnung gekommen und trinkt zusammen mit dem Baby warme Milch.

Um meinen Blutdruck an diesem Tag wieder runterzubringen, habe ich mich schließlich dieser verrückten Idee hingegeben. Und so kam es, dass wir nun bei jeder Gelegenheit abends Among Us spielen. Dabei ist das Spiel überhaupt nicht blutdrucksenkend – ganz im Gegenteil. In dem Raumschiff, in dem das Spiel stattfindet, gibt es einen Hochstapler, der versuchen muss, die restlichen Spieler umzubringen. Der Hochstapler läuft dabei durch das Raumschiff und murkst alle anderen ab. Heimlich natürlich, denn wenn er erwischt wird, hat er das Spiel verloren.

In der ersten Partie hatte ich solche Panik, dem Hochstapler-Massenmörder zu begegnen, dass ich fast ohnmächtig geworden bin. Und nach ein paar Runden wollte ich vor lauter Angst schließlich aufhören. Bis … ich selbst Hochstapler geworden bin! Als Hochstapler kann man sich Zeit lassen, um sich an die anderen ranzuschleichen und sie abzumurksen. Da haben meine Hände aufgehört zu zittern und ich konnte mich voll und ganz auf das Spiel konzentrieren. Und als dann plötzlich Jürgen vor mir stand …

Ich höre auf zu schrubben und schließe die Augen. Noch einmal lasse ich den Moment Revue passieren, an dem Jürgen im Spiel zum ersten Mal meinen Weg gekreuzt hat und ich kurzerhand den Kill-Button gedrückt habe. Zu sehen, wie mein Männchen sein Männchen hinterrücks erdolcht, war besser als zehn Online-Sitzungen beim Psychotherapeuten. Nimm das, du Hanswurst!!!

Als das letzte Schnitzel schließlich im brutzelnden Fett liegt, höre ich plötzlich ein lautes Geräusch. Ein durchdringender Pfeifton erfüllt den Raum. Ich sehe mich hektisch um, kann jedoch den Ursprung des Geräuschs nicht ausmachen. Bis mein Blick nach hinten auf den Küchentisch fällt – das Babyphon! Dann macht es Klick: bei Mami und Papi geht der Feueralarm. Hektisch schalte ich die Herdplatten aus und renne in den Flur, wo ich im Vorbeihasten meinen Schlüsselbund aus dem Kästchen fische.

Ich hetze im Treppenhaus ein Stockwerk nach unten zu Mamis und Papis Haustür, wo mir vor lauter Aufregung die Schlüssel aus der Hand fallen. Als es mir endlich gelungen ist, die Tür aufzuschließen, haste ich weiter in die Küche, wo Mami mit großen Augen und offenem Mund steht. Papi ist auch schon da und stochert mit seinem Gehstock Richtung Zimmerdecke. Der Feuermelder ist an und piept so durchdringend, dass einem fast die Ohren abfallen. Ein beißender Geruch nach etwas Verbranntem dringt in meine Nase.

Schnell hole ich die kleine Leiter aus Mamis und Papis Schlafzimmer und steige nach oben, um den Feuermelder zu deaktivieren. Als ich mit dem Finger den Knopf an der Seite drücke, erfüllt schlagartig Stille den Raum. Nur vom Herd kommt ein leises Zischen. Dort steht ein Topf mit schwarz verkohlten Kartoffeln drin. Ich steige von der Leiter, ziehe den Topf ab und schalte den Herd aus. Mami hat wieder mal versucht Kartoffeln zu kochen. Ohne Wasser.

»Mami, was hast du denn da angestellt? Wolltest du etwa kochen?«, frage ich Mami laut und diesmal fällt es mir schwer, freundlich zu klingen.

Mami sieht mich mit großen Welpenaugen an. Ich deute auf den Topf, um ihr zu zeigen was ich meine. Verständnislos blickt sie auf die verkohlten Kartoffeln, doch dann fällt der Groschen.

»Was? Nein, das war ich nicht!«, sagt Mami entrüstet und macht ein beleidigtes Gesicht.

Papi ist sauer und fuchtelt mit der Hand durch die Luft.

»Wer soll's denn sonst gewesen sein? Der Pumuckl??«

Mami holt tief Luft vor Empörung und richtet sich auf wie ein wütender Dobermann. Während Mami und Papi sich lautstark zu kabbeln beginnen, gehe ich zum Küchenfenster und mache es auf. Frische Luft strömt in die Wohnung und vermischt sich mit dem Brandgeruch. Ich atme tief ein. Die Wohnung liegt im ersten Stock. Wenn ich jetzt springe, reicht die Höhe dann aus, um mein Hirn am Boden zu zermatschen? Wahrscheinlich nicht.

Ich lasse Mami und Papi in der Küche zurück und nehme im Sicherungsschränkchen, das im Flur hängt, die Sicherung für die Küche raus. Danach schließe ich die Haustür hinter mir. Der Weg über die Treppen zu meiner Wohnung hinauf fühlt sich an wie eine Wanderung auf den K2. Als ich wieder im Flur stehe und meine zwei Zentner schweren Beine in die Küche schleife, höre ich Mami und Papi über das Babyphon streiten. Ich schleppe mich zum Herd und schalte die Platten wieder ein. Das Schnitzel in der Pfanne ist zwischenzeitlich schwarz geworden.

Der Salat und die Kartoffeln liegen in ihren Schüsseln, die Schnitzel türmen sich auf einer Anrichteplatte. Ich packe das Tablett an den Seiten und hieve es hoch. Verflixt, ist das schwer! Zum Glück muss ich das Essen einen Stock tiefer bringen und nicht höher. Ich verlasse die Wohnung und ziehe mit einem Fuß die Haustür umständlich hinter mir zu. Sie schließt sich mit einem leisen Klick.

Vor Mamis und Papis Wohnung lade ich das Tablett einen Moment lang auf dem gefliesten Fußboden ab und fummle den Schlüsselbund aus meiner Hosentasche. Plötzlich ist ein lautes Hecheln zu hören und schwere Schritte stapfen den Treppenaufgang hoch. Ich drehe mich um, um zu sehen, wer da kommt, als ein großer, schwarzer Schatten meine Beine streift und sich laut schlabbernd über das Tablett beugt. Ein spitzer Schrei entfährt mir und gerade noch rechtzeitig kann ich Jessie am Halsband packen, bevor er sich die Wiener Schnitzel einverleibt.

»Jessie, aus!«, ruft Herr Scherl, der über mir wohnt und Besitzer dieser verfressenen Bestie ist. Herr Scherl hält Jessie eine braune Tüte vor die Nase, woraufhin Jessie sich im Kreis dreht und dann die Treppe hoch rast.

Herr Scherl murmelt etwas, das ich nicht verstehe, aber irgendwie nach »Hund«, »verrückt« und »Hunger« klingt und verschwindet dann zwei Treppen auf einmal nehmend im dritten Stock. Eine Tür geht auf und wieder zu, dann ist es still.

Es vergehen ein paar Sekunden, ehe ich mich wieder fasse und mein Herz ein Leben von seiner Sieben-Leben-Liste streicht. Ich hebe den Schlüsselbund auf, der mir vor Schreck auf den Boden gefallen ist, atme tief durch und lasse mich in die Wohnung.

In der Küche steht bereits Papi und holt Teller und Besteck, um den Esstisch herzurichten. Ich stelle das Tablett auf den Tisch und bemerke, dass die Servietten schon an den üblichen Plätzen liegen. Graue Servietten mit buntem Blumenmuster. Während ich die Schüsseln und die Anrichteplatte mit den Schnitzeln auftische, kommt Mami in die Küche gedackelt. Sie hat sich umgezogen und trägt nun einen rotkarierten Weihnachtspullover und dazu hellrosa Shorts.

Das Mittagessen verläuft schweigend – alle sind in ihre Gedanken vertieft. Papi wälzt wohl wieder Tabellenergebnisse in der Bundesliga und Mami … tja, wer weiß schon, worüber Mami überhaupt noch nachdenkt. Zumindest freut es mich, dass beide ordentlich zulangen und jeweils zwei Schnitzel und einen großen Berg Salat essen. Als auch der letzte Krümel verputzt ist und nur noch das angebrannte

Schnitzel auf der Platte liegt, trägt Papi das Geschirr zur Spüle. Mami geht derweil an den Gefrierschrank und holt sich ein Waffeleis zum Nachtisch. Ein Blick in die Gefriertruhe sagt mir, dass hier bald wieder Nachschub benötigt wird.

Nach dem Mittagessen ziehen Mami und Papi sich ins Schlafzimmer zurück, um ihr Nickerchen zu halten. Ich packe das Tablett ein und ziehe mich ebenfalls zurück. Zwei Minuten später stehe ich wieder in meiner Küche und entscheide mich dafür, erstmal eine Tasse Kaffee zu trinken. Während die Kaffeemaschine vor sich hin gurgelt, verrät ein Blick auf die Uhr, dass es halb zwei am Nachmittag ist. Noch sechs Stunden bis Jürgen wieder zum Spielen online geht!

Ich lasse mich nochmal auf dem Stuhl nieder, mit dem ich die Kekse aus dem Schrank geholt habe und überlege, wie ich diese tote Zeit am besten überbrücke. Spazieren gehen ist mir zu riskant, wer weiß, was Mamis Hirn sich als nächstes für einen Schabernack ausdenkt. Außerdem liegt mir das Schnitzel schwer im Magen. Also entschließe ich mich dazu, einen Kuchen zu backen. Mami hat seit ein paar Tagen eine ausgeprägte Süßkram-Phase und freut sich sicher, wenn sie mal keinen Fertigkuchen aus dem Supermarkt essen muss. Dummerweise gehört Backen nicht zu meinen großen Ausnahmetalenten. Mami hingegen hat immer wunderbar gebacken. Als ich noch klein war, gab es zu Hause immer die köstlichsten Sachen: Zimtschnecken, Rotweinkuchen, Rohrnudeln und Mamis grandiose Drei-Pudding-Torte mit Erdbeer-, Vanille- und Schokogeschmack.

Beim Gedanken an die Pudding-Torte fließt mir das Wasser im Mund zusammen und ich muss an meine Schwester Barbara und mich denken, wie wir uns als kleine Mädchen die Mäuler damit vollgestopft haben. In memoriam an diese wunderbare Zeit entscheide ich, eine vereinfachte Version der Torte zu backen und statt den drei obligatorischen Puddingsorten nur eine Schicht mit Schokoladenpudding zu machen.

Während ich die Zutaten aus dem Schrankaufsatz hole, fällt mir ein, dass Noah noch gar nie die grandiose Puddingtorte gesehen hat. Vielleicht sollte ich sie zu seinem nächsten Geburtstag backen? Obwohl … wahrscheinlich wird Lena etwas dagegen haben. Ich kann mich erinnern, dass es zu Noahs erstem Geburtstag einen zuckerfreien Schokokuchen gab. Allen Ernstes! Zuerst dachte ich ja, Lena wäre beim Backen ein Missgeschick unterlaufen, denn der Kuchen hat geschmeckt wie altes Brot. Papi hat einen Bissen genommen und ihn dann nicht mehr angerührt. Eine Freundin von Lena, die auch auf der Feier war, hat mir dann erklärt, dass man das jetzt so macht, weil Zucker bekanntlich das schlimmste, schädlichste und heimtückischste Gift für den menschlichen Körper ist. Das hat sie aber nicht daran gehindert, sich während ihres Vortrags über zuckerfreie Ernährung für Kinder ein Magnum mit Karamell zu genehmigen.

Ich siebe das Mehl in die Schüssel und beginne, den Teig anzurühren. Bei meinem letzten Versuch, die Drei-Pudding-Torte zu backen, habe ich den Fehler gemacht, anstatt einer Kuchenglasur echte Zartbitterschokolade für den Überzug zu nehmen. Als der Schokoüberzug schließlich ausgekühlt war, war er so hart, dass beim Anschneiden die gesamte Schokolade vom Messer runtergedrückt wurde und der Pudding aus allen Seiten rausgequollen ist. Was für ein Massaker! Und das ausgerechnet an Mamis neunzigstem Geburtstag vor der gesamten Verwandtschaft! Am liebsten wäre ich im Boden versunken oder hätte mich in Luft aufgelöst. Papi hat einen Bissen genommen und sein Stück dann nicht mehr angerührt. Anschließend habe ich eine Woche lang nachts in mein Kissen geheult und mich zu Tode geschämt. Nur Jürgen fand die Torte wunderbar und hat den Erdbeerpudding schlichter Hand von Omas goldbestickter Angeber-Tischdecke gelöffelt.

»Zum Geier mit der ollen Verwandtschaft, Thesi! Mach's wie meine Schüler − chill mal ein bisschen!«

Während der Teig fröhlich im Ofen vor sich hinbäckt und ich mich dem Abwasch widme, beginnt das Babyphon wieder zu rauschen. Das Plätschern des Spülwassers vermischt sich mit Mamis tapsigen Schritten durch die Wohnung, die blechern durch das Babyphon dringen. Das war diesmal aber ein kurzer Mittagsschlaf.

Ein paar Minuten lang ist noch zu hören, wie Mami von Zimmer zu Zimmer geht und ihr Unwesen treibt. Dann wie aus dem nichts ein heftiger Schlag. Ich zucke zusammen als hätte eine Handgranate eingeschlagen. Sofort lasse ich eine mit Spülschaum triefende Schüssel fallen und lausche mit jeder Faser meines Körpers.

»Papi? Paaaapi!«, quäkt Mami in erbärmlichem Ton.

Ich muss mich zusammenreißen, um nicht sofort nach unten zu sprinten. Vielleicht ist Mami hingefallen oder hat sich wo den Kopf angeschlagen. In der Wohnung bleibt es still. Wahrscheinlich hat Papi zum Schlafen seine Hörgeräte rausgenommen und deshalb nichts mitbekommen. Als Mami wieder zu rufen beginnt, nehme ich die Beine in die Hand, schnappe mir abermals den Schlüssel und haste durch das Treppenhaus nach unten.

Mit rasendem Puls öffne ich die Tür zu Mamis und Papis Wohnung und hechte durch den Flur. Wo ist Mami?? In der Küche angekommen, sehe ich sie halb kniend auf dem Boden liegen. Kurz wird mir vor lauter Angst schwarz vor Augen. Lieber Gott, lass bitte nichts passiert sein!!

Mami liegt am Boden wie ein gestrandeter Wal und wartet darauf, dass etwas passiert. Sie registriert mich aus den Augenwinkeln heraus und ist trotz ihrer misslichen Lage plötzlich gut gelaunt.

»Ja, hallo, Barbara!«

»Nanu? Was machst denn du da unten?«, rufe ich fröhlich. Meine Miene sagt Null-Problemo-das-haben-wir-gleich-wieder während meine Beine den Zustand von Götterspeise haben und mein Herz vor Panik am liebsten aussetzen würde. Thesi, reiß dich zusammen!

Ich packe Mami unter den Achseln und mache Anstalten, sie wieder in die Höhe zu ziehen. Gut, dass sie im Alter abgenommen hat, sonst hätte selbst Jürgen das nicht geschafft. Wie zwei alte, knorrige Bäume im Wind wanken wir ein wenig durch das Zimmer. Als Mami dann wieder auf wackeligen Beinen steht und ich ganz außer Atem bin von der Anstrengung, merke ich, dass sie ihren Stock nicht dabeihat.

»Mami, wo hast du denn deinen Stock?«, frage ich und blicke mich um.

In der Küche ist er jedenfalls nicht. Mami sieht mich mit großen Augen an, als wüsste sie nicht, was ich meine. Ich gehe kurzerhand ins Wohnzimmer, wo Papi leise schnarchend in seinem Lehnstuhl schläft, und nehme seinen Stock aus der Ecke.

»Hier, Mami, nimm mal den da!«, sage ich und drücke ihr den schwarzen Gehstock in die Hand. »Magst du vielleicht ein bisschen fernsehen?«

Mami nickt begeistert. Ich begleite sie zu ihrem Sessel im Wohnzimmer, wo sie sich niederlässt und ich ihr den Fernseher anmache. Auf ZDF läuft gerade »Bares für Rares« mit einem rotgesichtigen Horst Lichter. Ich lasse die Fernbedienung sinken und lege sie Mami auf den Beistelltisch neben ihren Sessel. Mein Herz klopft noch immer wie verrückt.

»Hier, dein Stock!«, sagt Mami als sie merkt, dass ich wieder gehen möchte. Sie hält mir Papis Gehstock hin.

Ich lache fröhlich. Gleichzeit zische ich meinem Herz im Geiste zu, dass es sich jetzt verdammt nochmal endlich beruhigen soll.

»Das ist deiner, Mami! Den kannst du behalten.«

»Ach so …?«, flüstert Mami, während sich ihr Blick hypnotisch auf Horst Lichter zu heften beginnt.

Ich verlasse fluchtartig die Wohnung.

Eine Stunde später steht die Puddingtorte auf der Küchentheke. Der Teig ragt gleichmäßig in die Höhe und die Kuchenglasur schmiegt sich glänzend drum rum. Na, wer sagt's denn – sogar meine mäckelige Oma wäre jetzt wahrscheinlich stolz auf mich. Ich trage die Torte wie eine Trophäe nach unten, wo Papi im Wohnzimmer bereits die Karten für unser dienstägliches Rommee-Spiel bereitgelegt hat. Ich hole drei Kuchenteller und -gabeln aus der Küche und schneide für Mami und Papi ein dickes Stück

Torte ab. Für mich selbst lege ich ein dünnes Stück auf den Teller.

Mami taucht im Türrahmen auf und mustert mit großen Augen die Torte.

»Na, Mami, hast du dich von deinem Sturz erholt?«, frage ich laut.

Mami schwenkt ihren Scheinwerferblick in mein Gesicht.

»Hmmm?«

»Tut dir noch irgendetwas weh? Oder geht es soweit?«, frage ich noch etwas lauter.

Mami blinzelt und sieht mich an, als wäre ich ein seltenes Fabelwesen, sagt aber nichts. Ich seufze.

»Ach, nichts, Mami …«

Während Papi jedem ein Glas Leitungswasser auf den Tisch stellt, gehe ich noch einmal in meine Wohnung zurück, um den Laptop zu holen. Es ist jetzt fast drei Uhr und in einer guten Stunde treffen wir Lena und die Kinder auf Skype. Als ich wiederkomme, sitzen Mami und Papi bereits am Tisch und schaufeln Torte in sich hinein. Mein Herz geht auf vor Freude, als ich sehe, dass Papi die Torte genüsslich und in einem Affenzahn verspeist.

Ich setze mich in einen der vier Lehnstühle und koste von meinem eigenen Stück. Der Teig ist schön fluffig und der Schokopudding hat die richtige Konsistenz, um an Ort und Stelle zu bleiben. Im Geiste klopfe ich mir selbst auf die Schulter und nehme mir vor, Noah die komplette Drei-Pudding-Torte zu seinem fünften Geburtstag zu backen. Zucker hin oder her. Als Papi fertig ist, nimmt er die Karten und beginnt zu mischen. Mami stellt ihren leeren Teller nun ebenfalls weg und reibt sich die Hände vor Vorfreude.

Papi fängt an auszuteilen und serviert mir gleich mal einen Joker und zwei Könige. Auch die anderen Karten sind nicht schlecht: eine Herz-Dame, ein dazu passender Bube und ein paar Zerquetschte in verschiedenen Farben. Mit Hilfe des Jokers lege ich die zwei Könige ab und dazu eine niedrige Karo-Straße aus drei Karten. Papi hat wohl schlecht gezogen, denn er runzelt die Stirn und schiebt seine Karten hin und her. Mami haut drei Asse hin, zwei Siebener mit Joker und legt eine Karo-Vier zu meiner Straße. Wir spielen weiter, bis Mami nach ein paar Minuten ihre letzte Karte ablegt. Zu schade, ich hatte nur noch meinen Herz-Buben und eine lausige Pik-Zwei auf der Hand.

Die nächste Stunde vergeht fast ohne Worte. Mami konfrontiert uns mit geschickt angeordneten Assen, Königen und Jokern und gewinnt etwa jede zweite Partie. Papis Stirnrunzeln wird immer tiefer, als er meine und seine Minuspunkte auf einem Zettelblock notiert. Als Papis Punkte plötzlich dreistellig werden, muss ich wieder an Jürgen denken, der einmal vorgeschlagen hat, Mami das Pokern beizubringen und sie im Casino an einen Tisch zu setzen. Wäre es nach Jürgen gegangen und hätte das Virus nicht zugeschlagen, hätte er die Idee vielleicht wirklich in die Tat umgesetzt.

Mein verrückter Jürgen … ich muss an sein Grinsen denken, mit dem er immer ausgesehen hat wie ein kleiner Junge. Ein wenig Wehmütigkeit packt mich und ich schüttle schnell den Kopf. Jürgen ist ein egozentrischer Mistkerl und heute Abend werde ich ihn niedermetzeln!!

Aber mit seiner Poker-Idee lag er gar nicht mal so falsch. Ich muss an Mamis reglose Miene beim Spielen von Schwarzer Peter denken. Dagegen ist das

Poker Face so mancher Spieler bei Casino-Turnieren ein Witz. Nur Noah ist in Schwarzer Peter noch besser als Mami. Mit steinernem Gesicht schafft er es, einem seine Karten so hinzuhalten, dass man definitiv die falsche zieht. Vielleicht sollte ich Jürgens Idee für die Zeit nach dem Lockdown in Erwägung ziehen. Mein Gesicht läuft rot an, als mir der Gedanke kommt, dass Papi und ich bei einer Partie Strip Poker wahrscheinlich schon längst splitterfasernackt wären.

Als Mami uns ein letztes Mal über den Tisch zieht und Papis Kopf sichtbar zu rauchen beginnt, ist es zum Glück fast 16:30 Uhr. Papi sammelt leise fluchend die Karten ein, während Mami ein paar übrig gebliebene Kuchenkrümel von ihrem Teller pickt und sich in den Mund schiebt. Ich unterdrücke ein Gähnen. Die Müdigkeit hat mich wieder eingeholt und meldet sich mit bleierner Schwere in meinen Beinen und Schultern. Umständlich richte ich mich auf und wanke in den Flur, wo der Laptop neben der Sendestation für das Babyphon liegt.

Ich stelle den Laptop am Esstisch auf, wo es einfacher ist, die Stühle für Mami und Papi so zu platzieren, dass sie alles gut mitverfolgen können. Als ich Skype öffne, sehe ich, dass Lena noch nicht online ist. Mein Herz macht einen Hüpfer. Gleich werde ich Noah und die kleine Emma wiedersehen! Mein Plan ist es, zuerst in Ruhe mit Lena zu reden und zu erfahren, was es Neues gibt. Danach hole ich Mami und Papi dazu, damit sie sich ihre Urenkel ausführlich ansehen können. Mami und Papi können mit Video-Telefonie nicht allzu viel anfangen, finden es aber toll, wenn Noah vor dem Bildschirm seine Spielsachen zeigt und das Baby in die Kamera brabbelt.

Es war ein hartes Stück Arbeit, Papi davon zu überzeugen, dass es besser ist, wenn Lena und die Kinder nicht mehr zu uns kommen. Ich erinnere mich in leuchtenden Farben an die Zeit kurz nach Neujahr, als Papi eine heftige Erkältung hatte und wir nicht wussten, ob er nicht bald seinen letzten Seufzer tut. Mein Schwiegersohn Martin – der fleißige Apotheker – hat Papi mit diversen Mittelchen versorgt und mir ausführlich erklärt, wie eine Beatmungsmaschine funktioniert. Nicht, dass ich das wissen wollte. Leider weiß ich es jetzt aber und muss mich mit der Vorstellung rumplagen, Papi könnte mutterseelenallein in einem Krankhausbett vor sich hinsiechen. Zum Glück hat sich nach ein paar Tagen herausgestellt, dass es sich nicht um das Virus, sondern einen stinknormalen Schnupfen handelte.

Jedenfalls musste ich Lena und den Kindern schweren Herzens ein Hausverbot erteilen. Papi war zuerst gar nicht erfreut und beharrte stur darauf, es sei besser, an virenbelasteten Urenkeln zu sterben als daheim allein auf den Sensenmann zu warten. Gott sei Dank war Lena einsichtiger und hat vorgeschlagen, dass wir uns stattdessen einmal die Woche online treffen könnten. Jetzt wohnen wir nur zwei Stockwerke voneinander entfernt und doch trennen uns Welten.

Ein leises Klickgeräusch kündigt an, dass Lena online ist. Und ein paar Sekunden später klingelt es bereits. Mit pochendem Herz klicke ich auf das Hörer-Symbol.

»Hallo? Könnt ihr mich hören?«, sage ich als Lenas Gesicht auf dem Bildschirm auftaucht. Wie jede Woche skypt sie von ihrem Wohnzimmer aus, in dem ein vollgebröseltes Sofa steht.

»Ja, Mama, hörst du mich auch?«

Wie schön! Ihre Stimme ist Musik in meinen Ohren.

»Ich höre euch! Alles gut!«, sage ich und prüfe, ob meine Kamera ordentlich funktioniert. Hmm ... ein wenig zu ordentlich. Die Kamera zeigt schonungslos, dass ich mich nochmal frisieren hätte sollen.

Während Lena Noah herbeiruft, habe ich die Gelegenheit, meine Tochter etwas näher zu inspizieren. Sie sieht etwas geschafft aus, was sicher an dem monotonen Alltag und dem nächtlichen Zahnen von Emma liegt. Ihr T-Shirt weist einige Brei- und Schweißflecken auf.

Da Noah sich noch etwas ziert, versuche ich, zwischenzeitlich ein Gespräch mit Lena in Gang zu bringen.

»Na, wie geht es euch? Was habt ihr heute so gemacht?«

Lena erzählt von ihrem Tag und wie sie beim virtuellen Morgenkreis und beim Einkaufen waren. Dann taucht Noah auf. Grundgütiger, das Kind muss zum Friseur.

»Hallo, Omaaa!«, brüllt er in die Kamera und seine langen Haare fliegen dabei wirr vor seinem Gesicht herum. Ich muss lachen.

»Hallo, Männlein! Hast du einen schönen Tag gehabt?«

Noah antwortet nicht, sondern saust davon. Wahrscheinlich holt er wieder seinen grünen Truck, um ihn herzuzeigen. Ich nutze die Pause, um Lena von dem Artikel zu erzählen, den ich heute früh über das Sinken der Inzidenzwerte gelesen habe. Vielleicht macht ihr das ja etwas Mut und ich kann zugleich mein schlechtes Gewissen beruhigen, das mich plagt, seit ich Lena verboten habe, ihre Großeltern zu sehen.

Gerade als ich etwas zu den Inzidenzzahlen der Fürther Innenstadt sagen möchte, höre ich von hinten Schritte näherkommen. Oh oh, Mami und Papi haben wohl Wind bekommen, dass ich bereits mit Lena skype und möchten jetzt auch dazustoßen. Ein paar Sekunden später klopft Mami mit ihrem Gehstock – oha, sie hat ihn tatsächlich dabei! – gegen mein Stuhlbein.

»Barbara, mach doch mal Platz!«

Ich klappe meinen Mund zu und stehe auf. Dann rücke ich den Stuhl so, dass Mami darauf Platz nehmen kann. Sie setzt sich und blickt gespannt auf den Laptop, doch am Bildschirm sind plötzlich nur noch grüne Flecken zu sehen. Noah hat also seinen Truck gefunden. Lena sagt etwas, worauf Noah ein paar Schritte zurückgeht, sodass man ihn nun besser sehen kann.

Papi starrt ungläubig auf seinen ältesten Urenkel. »Ist das Noah? Der sieht ja aus wie ein Mädchen! Wann war der denn zuletzt mal beim Friseur?«

Lena antwortet etwas. Ich höre und sehe sie aber nur noch schlecht, weil Mamis hochtoupiertes Haar mir die Sicht versperrt. Vergeblich versuche ich, zwischen Mamis und Papis Schultern zu blicken. Als Mami kurz darauf einen verzückten Schrei loslässt und einen Schwall unsinniger Laute in Babysprache von sich gibt, nehme ich an, dass Lena die kleine Emma präsentiert. Mami und Papi überbieten sich in Lobesreden und versuchen Emmas Aufmerksamkeit auf sich zu ziehen, die inzwischen an die Decke starrt und stark sabbert. Dann taucht Noah wieder auf.

»Oma, guck mal, ich hab Pipi gemacht!«

Ich quetsche mich zwischen Mamis und Papis Köpfe und sehe wie ein strahlender Noah mit heruntergelassener Hose sein Würmchen präsentiert.

»Ja, super, Noah! Gut gemacht!«, rufe ich und hoffe, er hat mich verstanden. Hach, mein Baby wird ja so schnell groß!

Während Lena Noah wieder in seine Hose hilft, hat Emma zu weinen begonnen. Lenas Katze Wodka leckt an der Kameralinse und taucht den Bildschirm in ein helles Rosa. Wie oft schon habe ich meiner Tochter gesagt, dass Katzen unhygienische, egozentrische Keimschleudern sind, aber leider hat sich Lenas Katzenfaible seit seinem erstmaligen Auftritt in der Grundschule nicht mehr eindämmen lassen. Jürgen mag auch Katzen. So gesehen hätte mir das von Anfang an verdächtig vorkommen müssen.

Lena hat auf der anderen Seite der Leitung alle Hände voll zu tun und verabschiedet sich von ihren Großeltern.

»Mama, wollen wir morgen mal telefonieren?«, fügt sie noch schnell hinzu.

Ich bin etwas enttäuscht, dass Lena sich scheinbar nicht für die Inzidenzwerte der Fürther Innenstadt interessiert und dass unser Treffen heute nur so kurz war.

»Ja, klar! Machen wir!«, rufe ich fröhlich und versuche, keine saure Miene zu machen.

Mami und Papi hingegen wirken zufrieden. Papi erhebt sich als erstes und ich beuge mich schnell über die Tastatur, um Lena via Chat noch ein Herz-Symbol zu schicken.

Aber zu spät – Lena ist nicht mehr da.

Der Abend ist mir die liebste Zeit des Tages. Mami und Papi sind dann versorgt, schauen fern und richten sich ihr Abendbrot selbst her. Ein paar Scheiben Brot, Wurst und Käse und eine Kanne voll Kamillentee. Wenn das Babyphon dann noch leise die Tonspur der abendlichen Tagesschau überträgt und ich alle satt und zufrieden weiß, schlägt meine Stunde.

Ich drücke die Schnellwahltaste auf meinem Handy und werde mit meinem Lieblingsitaliener verbunden.

»Bona sera! Was kann ich für Sie tun?«

Ah, Luigi ist heute dran.

»Hallo, hier Moreck! Ich hätte gerne eine Pizza mit Salami, Speck, Thunfisch, Ananas, Gorgonzola, Rucola und extra Knoblauch.«

Luigi kennt mich bereits und notiert sich meine Bestellung. Ich kann ihn durchs Telefon hindurch grinsen spüren.

»Isse fertig in fünfzehn Minute!«

Ich nehme ein großes Glas Leitungswasser von der Spüle und stelle es zusammen mit dem Laptop auf den Sofatisch im Wohnzimmer. Ein paar Brösel, die noch von letzter Nacht dort liegen, streife ich mit meinem Ärmel auf den Boden. Danach gehe ich ins Badezimmer, um mir die Haare zu kämmen und das Gesicht zu waschen, denn Luigi soll nicht den Eindruck haben, ich würde das Wort Hygiene nicht kennen.

Nachdem ich mit meiner Katzenwäsche fertig bin, schlüpfe ich mit nackten Füßen in meine grauen Winterschuhe und streife mir meinen Wollmantel um. Da der Italiener nur ein paar Meter weiter ums Eck liegt, sollte das für draußen genügen. Mit dem

Schlüssel in der Hand schließe ich die Haustür hinter mir zu und laufe hinunter ins Erdgeschoss. Ich komme an Lenas und Martins Wohnung vorbei, vor deren Tür ein Haufen durcheinandergewürfelter Schuhe verschiedener Größen liegt und Noahs rotes Laufrad steht. Aber ich beachte sie nicht, denn dieser Abend gehört nur mir und ist mir heiliger als das Kreuz von Golgotha, indische Kühe und Mohammeds Gebetsschuhe zusammengerechnet.

Ich laufe die Straße hinunter zu Luigis Laden und sauge die frische Winterluft ein. Es dauert nicht einmal zwei Minuten bis ich vor dem grüngestrichenen Eingang mit der großen Aufschrift Pizzeria Da Dino stehe und mir ein verlockender Duft nach Parmesan und Tomatensoße in die Nase steigt. Neben dem Eingang ist ein großes Fenster geöffnet, das als Ausgabestelle für das bestellte Essen dient. Beim Geräusch meiner Schuhe, die über den Rollsplitt streifen, streckt Luigi seinen schwarzen Lockenkopf aus dem Fenster und entblößt eine Reihe gebleachter Zähne.

»Fraue Moreck! Pizza isse schon fertig!«

Ich ziehe meinen Geldbeutel aus dem Wollmantel und strecke Luigi fünfzehn Euro hin. Luigis Zähne blitzen und er drückt mir im Gegenzug eine Pizzaschachtel in die Hände.

»Grazie mille, seniora Moreck! Buon appetit!«

Ich bedanke mich und begebe mich zurück zur Wohnung. Es ist jetzt fast halb neun und weit und breit ist niemand zu sehen. Viele Fenster der umliegenden Häuser sind jedoch beleuchtet. Aus der Pizzaschachtel steigt ein betörender Duft auf, der mir das Wasser im Mund zusammenrinnen lässt. Ich beschleunige mein Tempo.

Als während dem ersten Lockdown die Gastronomie schließen musste, habe ich mich kurzerhand dazu entschlossen, die örtlichen Restaurants zu unterstützen und abends öfter mal Essen zu bestellen. Zu Beginn habe ich noch bei einem anderen Italiener bestellt, bei dem Jürgen und ich vor der Pandemie öfter mal essen waren. Der Italiener hatte eine großartige Pizza Verdura, die ich mir anschließend immer donnerstags bestellt habe.

Als der Lockdown dann bereits ins dritte Monat ging und ich einen ganz schlechten Tag hatte, habe ich den Mitarbeiter am Telefon gefragt, ob ich die Verdura auch mit Schinken haben könnte. Der Mitarbeiter hat gelacht und meine Bestellung notiert. Da sich meine Pizzakreation als hervorragend herausgestellt hat, habe ich den Donnerstag darauf eine Verdura mit Schinken und Speck bestellt. Eine Woche später eine Pizza mit Schinken, Speck und Ananas.

Alles davon war schlichtweg köstlich, daher ist mir der Gedanken gekommen, ein bisschen Gorgonzola könnte sicher auch nicht schaden. An diesem verhängnisvollen Donnerstag ging der Koch höchstpersönlich ans Telefon, um die Bestellungen aufzunehmen. Meine Pizzakreation hat ihn jedoch gar nicht begeistert und ich musste mir die Frage gefallen lassen, ob ich die Verrückte bin, die immer donnerstags irres Essen bestellt und damit die italienische Kochkultur vergewaltigt. Ich war sprachlos, lief krebsrot an und legte kurzerhand auf. Seither bestelle ich nur noch bei Luigi und gebe ihm ordentlich Trinkgeld, damit er meine Wünsche nicht hinterfragt.

Zurück beim Haus schließe ich die Eingangstür auf und haste schnell in den zweiten Stock. Das Babyphon steht auf der Kommode im Flur und überträgt in leisen Tönen die Wettervorhersage für morgen. Zusammen mit der Pizzaschachtel lege ich es auf dem Sofatisch im Wohnzimmer ab und schlüpfe aus Schuhen und Mantel. Hastig schmeiße ich sie in eine Ecke – aufräumen kann ich auch morgen.

Der Akku des Laptops ist voll aufgeladen und jetzt steht dem Gemetzel nichts mehr im Wege. Der Laptop fährt hoch und schon rauscht das Adrenalin durch meinen Körper. Ich öffne Among Us und gebe den Zugangscode für unser Spiel ein. Auf der Teilnehmerliste stehen sechs von Jürgens Oberstufenschüler, die ebenfalls fast jeden Abend teilnehmen. Mein Herz klopft, als ich Jürgens Männchen in der Liste erkenne. Das ist einfach, denn Jürgens Männchen ist knallorange und hat ein Spiegelei auf dem Kopf. Ich schnaube. Jürgen glaubt doch tatsächlich, mit solchen Kindereien könnte er sich bei seinen Schülern beliebt machen.

Ich öffne den Pizzakarton und schnappe mir ein Stück mit einer großen Scheibe Salami, Ananas und Rucola. Gerade als ich mich an den zähen Pizzarand mache, startet Jonathan – der Admin des Spieles – die Partie. Mein Herz macht einen Satz und vor Schreck lasse ich das Randstück zwischen meine angezogenen Beine fallen.

Verdammt, diesmal bin ich nur ein Crew-Mitglied. Ich laufe durch das Schiff und versuche meine Aufgaben abzuarbeiten – immer schön darauf bedacht, niemandem über den Weg zu laufen, der mich niedermeucheln könnte. Einmal sehe ich Jürgens Spiegelei in einem Raum nebenan und ich merke, wie ich unwillkürlich die Zähne fletsche. Du Dämlack wirst heute noch ordentlich schwitzen!

Zehn Minuten später hat der Hochstapler bereits drei Crew-Mitglieder ermordet und die Partie wird beendet. Ich gönne mir ein neues Stück Pizza und bete zur heiligen Theresa, dass ich diesmal Hochstapler sein darf. Jonathan eröffnet ein neues Spiel und vor Aufregung tropfe ich etwas Knoblauchöl zwischen die Tasten meines Laptops. Die Rollen werden zugelost und eine Sekunde später schmeiße ich das halbverzehrte Pizzastück zurück in seine Schachtel. Ich bin Hochstapler!!

Das Spiel startet und ich sehe Jürgen nach rechts in den Maschinenraum laufen. Die anderen Spieler verteilen sich quer über das Schiff, doch die sind mir egal. Ich entschließe mich dazu, einen Umweg zum Maschinenraum zu nehmen, damit Jürgen nicht auf die Idee kommt, ich würde ihn verfolgen. Mit klopfendem Herzen nähere ich mich der Ostseite des Schiffes. Jonathan läuft mir über den Weg, doch ich beachte ihn nicht. Ich renne durch die Vorratskammer und kann Jürgen nun im Maschinenraum sehen. Offenbar ist er mit einer Aufgabe beschäftigt, denn er steht an einem Terminal und bewegt sich nicht. Ich entscheide mich für einen Blitzangriff und bin drauf und dran den Kill-Button zu drücken, als Jürgen mich sieht und davonrennt.

Ich fluche leise und setze zur Verfolgung an. Jürgen läuft zurück in den Kontrollraum, stößt jedoch ein paar Mal gegen eine Wand, was ihn langsamer macht. Der Abstand wird kleiner. Geschickt lenke ich mein Männchen durch die engen Gänge des Schiffes und komme Jürgen immer näher. In Gedanken kann ich meinen Exmann hören, wie er die

Steuerung des Spieles verflucht. Ja, fluch nur ... und leide, Wurm!!

Wir laufen durch die Kommandozentrale, wo zwei Schüler mit Aufgaben beschäftigt sind und sicher bereits Verdacht schöpfen. Jürgen hetzt Richtung Süden. Ein paar Sekunden später befindet er sich im Büro, in dem es nur einen Eingang gibt, den ich gerade blockiere. Jürgen kann nicht mehr raus und steckt hilflos fest. Jetzt gibt es kein Entkommen mehr. Ich stelle mir vor, wie Jürgen vor seinem Laptop wimmert und um ein schnelles Ende fleht. Langsam gehe ich auf ihn zu. Als ich unmittelbar vor ihm stehe, erscheint der Kill-Button. Noch einmal blicke ich auf Jürgens blödes Spiegelei und genieße das Gefühl, ihn in der Zwickmühle zu wissen. Dann drücke ich den Button. Stirb jetzt!!

Mit einem schmatzenden Geräusch bohrt sich das Messer in Jürgens Männchen. Eine Sekunde später liegt eine blutüberströmte Leiche am Boden. Am liebsten würde ich stehen bleiben und mich an diesem herrlichen Anblick weiden, muss jedoch fort, damit die anderen Spieler mich nicht aufdecken. Ich laufe zurück in den Maschinenraum und tue so, als würde ich mich einer Aufgabe widmen. Sollte Jürgens Leiche gefunden werden und man mich verdächtigen, werde ich natürlich alles abstreiten.

Ich nehme noch ein Stück Pizza und genieße das Hochgefühl, das durch meine Adern strömt. Das Babyphon knackt, doch ich kümmere mich nicht darum. Jetzt gehe ich die anderen niedermeucheln, damit wir schnell ein neues Spiel starten können. Sollte ich gleich wieder Hochstapler werden, wie gehe ich dann vor? Vielleicht probiere ich es doch einmal mit einem Anschleichmanöver.

Tür Nr. 23

Georg

Ich träume. In meiner Traumwelt sitze ich in der Badewanne im alten Haus meiner Oma. Ein großer schwarzer Gummipfropfen blockiert den Abfluss und über dem Rand hängt ein abgewetztes braunes Handtuch. Im Wasser schwimmen meine drei Gummientchen – Hansi, das rote, Peppi, das blaue und Schorsch, das weiße. Oma sitzt in der Ecke und wartet bis ich fertig bin. Bald wird sie kommen, um mich mit dem Waschlappen sauber zu machen. Obwohl das Wasser schön warm ist, läuft es mir bei dem Gedanken kalt den Rücken runter, denn Oma war im Waschen eine Vollkatastrophe. Am Ende ihrer Tage war sie so blind wie eine Fledermaus und schlug mir mit dem Waschlappen immer ins Gesicht. Am nächsten Tag haben sie sich in der Schule über meine blauen Flecken schlapp gelacht: »Schaut mal, der Georg hat wieder gebadet!«

Ich schlucke. Oma ist jetzt aufgestanden und nähert sich mit einem überdimensionalen Waschlappen. Mit hektischen Bewegungen versuche ich, meine Gummientchen in Sicherheit zu bringen, aber sie flutschen mir ständig aus der Hand. Oma steht jetzt vor der Wanne, verwandelt sich aber plötzlich in meinen Kumpel Klausi.

»Lass das, Klausi! Ich bin schon groß, ich kann das jetzt alleine!«, rufe ich und versuche den riesigen Waschlappen von mir fern zu halten. Klausi grinst nur und fängt an mein Gesicht zu waschen. Warmes Wasser rinnt in meine Augen. Der Georg muss jetzt sauber werden!

Ich wache auf und schnappe nach Luft. Klausi und der Waschlappen sind verschwunden. Das nasse Zeug kommt in Wirklichkeit von Jessie, der mit seiner Zunge über mein Gesicht leckt. Sein Atem riecht ziemlich eklig. Ich drücke Jessies Schnauze weg, er hechelt mir dafür ins linke Ohr. Durch den Sabber in meinen Wimpern kann ich erkennen, dass es Morgen ist und das Licht beim Schlafzimmerfenster hereinscheint. Ich japse noch ein bisschen weiter und versuche mich aus der Bettdecke zu befreien, in der ich komplett verheddert bin. Als ich meine rechte Hand gefunden habe, muss ich erstmal schauen, wie spät es ist. Meine Armbanduhr zeigt kurz vor halb neun an. Ach, du grüne Neune! Wahrscheinlich hat mich Jessie schon für tot gehalten. Dabei fällt mir ein, dass ich sehr spät eingeschlafen bin, weil ich mich noch eine Ewigkeit im Bett rumgewälzt habe. Wahrscheinlich hab ich deshalb so lang gepennt.

Während ich versuche, Klausis hässliche Visage aus meinem Kopf zu bekommen, dämmert mir langsam wieder, was mich heute Nacht so lang wachgehalten hat. Der verdammte Brief. Und ein Tobsuchtsanfall, nachdem ich ihn zum dutzendsten Mal durchgelesen hatte und der Umschlag schon halb zerrissen war. Den ganzen Abend hat er mir ruiniert und das, nachdem ich mir vom Metzger extra noch ein Paar Weißwürste geholt hatte. Ich erinnere mich dunkel an ein paar zusammengeknüllte Blatt Papier, die durch die Wohnung flogen, weil mir vor lauter Ärger über den blöden Schrieb keine gute Antwort einfallen wollte. Jessie hat sich gefreut und geglaubt, wir würden um Mitternacht noch Ballholen spielen. Wegen der ganzen Aufregung hat mir nicht mal mehr mein Einschlafbier geschmeckt.

Dann bin ich die ganze Nacht wachgelegen und hab über meine Antwort sinniert. Blöd nur, dass ich im Schreiben nicht so gut bin. Ganz verzweifelt hab ich im Internet sogar nach ein paar guten Formulierungen gesucht, obwohl doch jeder weiß, dass das, was in dem Brief steht, hausgemachter Quatsch mit Soße ist. Aber wahrscheinlich wäre eh nix Gescheites dabei rausgekommen. Trau keiner Idee nach Mitternacht, hat Oma immer gesagt. Auf jeden Fall muss ich die Antwort heute schreiben, da beißt die Maus keinen Faden ab. Aber erstmal aufstehen. Und essen. Und spazieren gehen. Und dann vielleicht noch etwas Zeitung lesen.

Ich versuche mich zu erinnern, wann ich das letzte Mal so schlecht geschlafen habe. Ich glaube, es war vor zwei Jahren, als mir Carmen in der Ü40-Disco eine runtergehauen hat, weil ich ihrer Freundin angeblich in den Ausschnitt geglotzt hätte.

Jessie weiß nichts von dem Brief oder von Carmen – ihm ist das alles herzlich egal. Er fängt an zu winseln. Wahrscheinlich hat er Hunger und will raus. Ich setze mich auf, das Bett knarzt hörbar. Vielleicht wars auch mein Genick. Ein bisschen Strecken hilft immer.

Jessie läuft derweil in die Küche – wahrscheinlich macht er sich sein Frühstück gleich selbst. Ich taste nach meiner Brille, die irgendwo am Nachtkästchen liegt. Ah ja, da ist sie! Ich setzte sie mir auf und das Schlafzimmer wird plötzlich scharf. Mein Hemd und meine Hose hängen über dem Stuhl neben der Schlafzimmertür. Die ziehe ich erstmal an, dazu ein frisches Paar Socken.

Im Badezimmer wasche ich mir das Gesicht und mustere meine dunklen Augenringe. Der Bart könnte mal eine Rasur vertragen, meine Oma wäre bei meinem Anblick wahrscheinlich vor Scham im Erdboden versunken und hätte gekeift: »Schau deine Haare an! Wer bist du? Ein Hippie?«

Ich nehme den Kamm von der Ablage, mache ihn mit Wasser aus dem Hahn nass und fahre mir damit durch das Haar. Es hilft nix, die Zotten sind zu lang und bleiben nicht mehr kleben. Aber es ist eh kalt draußen. Ich zieh mir beim Spazieren gehen einfach eine Mütze über, dann sieht es niemand.

Jessie liegt in der Küche neben dem Kühlschrank. Der Kaffeekocher steht noch auf der Herdplatte. Ich kippe den kalten Sud in den Biomüll und wasche den Einsatz in der Spüle aus. Wo hab ich den Kaffee hingetan? Ach, da steht die Packung ja auf dem Tisch. Mit frischem Pulver und Wasser kommt das Kännchen wieder auf den Herd.

Nachdem das mit Carmen aus der Ü40-Disco nichts geworden ist, ist das Kännchen meine einzige Liebschaft. Außer Jessie natürlich. Und dem 1. FC Nürnberg. Das Kännchen hat mir meine Oma zum Lehrabschluss geschenkt und war bei so ziemlich jeder meiner Montage-Fahrten dabei. Sogar Paris hat es schon mal gesehen. Hat sich sogar herausgestellt, dass man es dort am dringendsten braucht, denn der Kaffee der Froschfresser ist fürchterlich. Fast so schlimm wie das Essen. Das Brot zum Beispiel. Die

Bauarbeiter dort rennen doch tatsächlich mit einer kompletten Baguettestange im Rucksack über den Bau. Wer bitte isst denn den ganzen Tag Weißbrot? Das Einzige, wozu ein Baguette gut ist, ist, wenn du am Gerüst stehst und wieder mal deinen Zollstock vergessen hast. Ein Baguette ist circa 1,20 Meter lang. Man muss dann halt nur aufpassen, in ganzen Zentimetern abzubeißen.

Ich erinnere mich an einen katastrophalen Tag, an dem ich das Kännchen einmal tatsächlich vergessen hatte. Da ging es auf Montage in die Lüneburger Heide. Weil aber am Vortag der FC Nürnberg den Sauhaufen Bayern München bei einem Bundesligaspiel in den Boden gestampft und ich es beim Feiern ein bisschen übertrieben hatte, hab ich in der Eile beim Packen das Kännchen daheim am Herd stehen lassen. Ein Monat lang musste ich sächsische braune Brühe aus einer Maschine trinken. Tagsüber konnte ich es mir noch verkneifen, aber kaum waren die Kollegen abends in ihren Zimmern, Sack Zement, was hab ich da in meinem Bett zu heulen begonnen. Noch ein Tag ohne mein Kännchen – nein danke, ohne mich.

Ich hole das Kümmellaibchen aus der Brotdose und schneide zwei dicke Scheiben mit dem Messer ab. Jessie, der faule Sack, wird jetzt aufmerksam. Er weiß schon, was jetzt kommt. Andächtig hole ich die Lyoner Wurst aus dem Kühlschrank. Auf mein Brot gebe ich noch Butter, Jessie isst sein Brot lieber ohne. Seine Augen haben die Wurst im Visier.

»Da! Für dich, du Lauser!«, sag ich und gebe ihm eine Scheibe. Schnapp, die Wurst ist weg.

Ich lege mein Wurstbrot auf ein Brotzeitbrettchen und hole mir noch zwei Essiggurken aus dem

Einmachglas im Kühlschrank. Für Jessie fische ich auch eine raus. Der frisch gebrühte Kaffee kommt in die Tasse. Hmm, fast so gut wie bei der Oma! Jessies Brot und Gurke schneide ich mit einem Messer in grobe Stücke und lege sie in seinen Napf. Jessie rennt schon mal los, um sich in Startposition zu begeben.

Ich nehme die Sachen und tragen sie ins Wohnzimmer, wo der kleine Esstisch steht. Den Napf stelle ich auf den Boden und eine Sekunde später ist Jessies lautes Schlabbern zu hören. Am Tisch liegt noch die Zeitung von gestern. Ich beiße in mein Wurstbrot und ziehe sie zu mir her. Viel geschafft hab ich gestern nicht, aber es ist ja nicht so, als würde zur Zeit viel passieren.

Ich hebe die Zeitung etwas an, um sie aufzuschlagen, bleibe aber mitten in der Bewegung stecken. Da, unter dem Papier, liegt der Brief. Jetzt fällt mir ein, dass ich gestern Abend ja die Zeitung draufgeschmissen hatte, damit ich mir das sakrische Ding nicht länger anschauen muss. Unschuldig und harmlos liegt es da. Ein kleiner, gräulicher Briefumschlag, der an der Seite grob aufgerissen ist. Ich werfe ihn quer durchs Zimmer auf die Couch, beiße schnell ins Wurstbrot und versuche, nicht mehr dran zu denken. Jessie schaut dem fliegenden Brief kurz hinterher. Wahrscheinlich denkt er, ich hätte eine Macke, weil ich in letzter Zeit so oft mit Papier um mich werfe. Er ignoriert den Brief dann aber und vertilgt weiter in Riesenhappen sein Frühstück.

Ich blättere durch die Nürnberger Nachrichten. Seit einem Jahr schreiben sie nur noch über Ansteckungsherde, Aerosolpartikel, Überbrückungshilfen und Maskenpflicht. Man sollte glauben, mittlerweile gibts da nichts mehr zu schreiben, aber nein, denen fällt immer was ein. Ich überfliege die Artikel, aber es fühlt sich an, als hätte ich jeden schon mindestens dreimal gelesen. Schließlich fange ich mit dem Sportteil an, damit zumindest die Zeit vergeht.

In einem Artikel steht, dass der Messie vielleicht zu den Froschfressern geht, weil der FC Barcelona kein Moos mehr hat. Na, ich hoffe für ihn, er hat eine gute Kaffeemaschine. Ich blättere weiter, denn den Messie fand ich schon immer unsympathisch. Im Lokalteil schreiben sie, dass ein Geisterfahrer bei einer Notbremsung eine Kuhherde aufgeschreckt hat, die dann ins nächste Dorf gerannt ist und dort einen Tante-Emma-Laden besetzt hat. Fünf Bauern und eine Unmenge Grasbüschel hat es gebraucht, um sie wieder in ihren Stall zu locken. Auf der nächsten Seite steht die Wettervorhersage für morgen: Sprühregen bei drei bis sechs Grad. Ich lasse die Zeitung etwas sinken. Kein Wunder, dass so viele jetzt depressiv werden. Bei so vielen guten Nachrichten möchte man sich ja glatt umbringen.

Ich linse über den Rand der Zeitung Richtung Couch. Der Brief hat die Couch knapp verfehlt und liegt jetzt am Boden. Jessie hat sein Wurstbrot in Rekordgeschwindigkeit vertilgt und räkelt sich halb auf dem Papier. Der Hund hat immer diese Angewohnheit, sich auf meine Sachen draufzulegen. Schade, dass er den Brief nicht einfach auffrisst, dann wäre ich das Problem los.

Drrring! Jessie hebt den Kopf. Ich glaub, das war mein Handy. Es liegt auf der Couch.

»Jessie, hol das Handy!«, sage ich.

Jessie sieht mich an. Er denkt wohl, ich hätte ihn angesprochen, weil er was von meinem Wurstbrot haben darf. Wir sehen uns fünf Sekunden lang in die

Augen, dann legt sich Jessie wieder auf den Brief. Ich stehe auf und hole mein Handy.

Harry hat ein Foto geschickt. Darauf ist eine weiße Wand zu sehen, komplett tapeziert mit Tesafilm. Ich mache das Foto mit Daumen und Zeigefinger größer. Mein lieber Scholli! Die Streifen liegen nahtlos aneinander an, nicht mal eine Luftblase oder ein Knick hat sich eingeschlichen. Darunter steht Harrys Kommentar: »Nehmt das, ihr Sackgesichter!«

Ich schlucke. Vor lauter Ärger um den Brief habe ich unsere Stammtischwette ganz vergessen. Blöderweise muss ich jetzt nicht nur eine Antwort schreiben, sondern auch noch eine Wand bis heute Abend tapezieren. Ich muss an den Berg Tesafilm-Rollen denken, den ich gestern beim Edeka gekauft habe und der jetzt im Werkzeugschrank auf mich wartet. Das wird heute schwierig. Im Tapezieren war ich schon immer eine Niete. Andererseits würde ich Klausi gern wieder mal eins auswischen. Tapezieren kann dieser Wicht mit seinen kleinen Mädchenhänden wahrscheinlich noch schlechter als ich. Da ist aber noch der Brief, der halb unter Jessie hervorlugt. Was nun? Pest oder Cholera zuerst?

Ich stecke das Handy in die Hosentasche, stopfe mir den Rest vom Wurstbrot ins Maul und spüle alles mit einem Schluck Kaffee runter. Eins steht fest: ich muss jetzt irgendwas tun. Was hat Oma immer gesagt? Etwas zu beginnen, ist wie eine nasse Badehose anzuziehen – es ist nur am Anfang unangenehm!

Ich ziehe den Brief unter Jessie hervor. Der Hund bewegt sich keinen Millimeter, der faule Sack! Ich atme tief ein und hole dann das Schreiben aus dem

Umschlag. Das Papier ist makellos weiß und zwei-
mal zu einem kleinen Rechteck gefaltet. Durch das
Weiß scheint die schwarze Druckertinte hindurch.
Ich schlage ihn auf.

Erlangen, 28. Januar 2021

Sehr geehrter Herr Scherl,

*Ich schreibe Ihnen heute in einer Angelegenheit, die
kürzlich an mich herangetragen wurde. Da ich unser
langjähriges Mietverhältnis sehr schätze, möchte ich
diese Angelegenheit umgehend klären.*

*So wurde mir mitgeteilt, dass Sie seit etwa einem Jahr
keiner Arbeit mehr nachgehen. Obwohl ich Sie als tadel-
losen Mieter kenne, bereitet mir dies doch Unbehagen.
Sollten Sie in die Lage geraten Arbeitslosengeld II (Hartz
IV) beziehen zu müssen, gehe ich davon aus, dass Sie
Ihren Mietzahlungen nicht länger nachkommen werden
können.*

*Ich möchte Sie daher bitten, rechtzeitig Bescheid zu
geben, sollte sich ein Zahlungsrückstand anbahnen. In
diesem Falle müssen wir uns um eine gemeinsame Lö-
sung bemühen.*

Mit freundlichen Grüßen
Alexander Fischer

Das Briefpapier ist schon total zerknittert, so oft hab
ich diesen Mist bereits gelesen. Trotzdem bleibt mir
auch dieses Mal noch die Spucke weg und ich spüre
plötzlich ein starkes Bedürfnis, irgendwas kleinzu-
hauen. Da passt man jahrelang auf die Wohnung
auf, wischt, putzt und poliert und dann sowas! Ich
muss an all die Dinge denken, um die ich mich im

Laufe der Jahre selbst gekümmert habe, anstatt den Vermieter anzurufen. So hab ich kürzlich die Türrahmen neu gestrichen und den Siphon im Badezimmer selbst gewechselt. Die kaputten Fliesen im Klo hab ich gegen neue ausgetauscht. Und Manfred vom Stammtisch hat die defekte Leitung in der Küche repariert. Er hat dabei zwar einen Schlag gekriegt, aber bei Manfreds Gehirn kann ohnehin nicht mehr viel kaputt gehen. Und all das nur, um ja keine Umstände zu machen!

»Mir wurde mitgeteilt« – als ich das zum ersten Mal gelesen habe, wusste ich sofort wer hier die Petze ist. Bestimmt hat der Nachbar aus dem dritten Stock dem Fischer gesteckt, dass ich Frühs jetzt nicht mehr zu Arbeit gehe und tagsüber in der Wohnung bin. Angeblich war der ja mal Polizist oder Privatdetektiv oder so was. Das würde zumindest einiges erklären! Außerdem trägt er hässliche Schuhe und kann nicht grüßen. Und Jessie mag er auch nicht – das muss ja verdächtig sein!

Ich könnte mir die Haare raufen, aber zumindest hab ich jetzt Lust zu schreiben. Im Wohnzimmerschrank müssten noch irgendwo ein Block Papier und ein paar Stifte sein. Im untersten Regal liegt ein Werbeblock der Bundesagentur für Arbeit und ein Kugelschreiber mit dem AOK-Logo drauf. Ich nehme beides und setze mich wieder an den Tisch. Los, Georg! Du schaffst das! Ich beiße auf das Ende des Kugelschreibers und setze die Miene nach kurzem Überlegen auf das Papier. Zefix, wenn das nicht so schwer wäre! Ich schreibe erstmal eine Anrede und schaue dann, was mir noch einfällt.

Nürnberg, 09.02.2021

Sehr geehrter Herr Fischer!

~~Jetzt mal Klartext!~~
~~Lassen Sie mich eines klarstellen!~~
~~Ich möchte Ihnen mitteilen, dass~~

Bezugnehmend auf Ihren ~~unverschämten~~ Brief, möchte ich Ihnen in Erinnerung rufen, dass ich noch nie ~~im Leben~~ mit meinen Mietzahlungen in Verzug war und meine Miete stets pünktlich überwiesen habe. ~~Und das seit 21 Jahren!!!~~ Nachdem ~~mein Ex-Chef~~ der Betrieb ~~den Bach runter~~ in Konkurs gegangen ist, habe ich aufgrund ~~der Krankheit, des Virus, der Pandemie~~ der derzeitigen wirtschaftlichen Lage noch ~~keinen Job~~ keine neue Anstellung gefunden. Unverschuldete Arbeitslosigkeit ist kein ~~Kriegsverbrechen~~ Grund, sich schämen zu müssen und ~~ich verbitte mir schamlose~~ rechtfertigt keine Nachfragen zu ~~meinem Kontostand~~ meiner finanziellen Lage.

~~Zieh Leine!~~
~~Mit Bitte um mehr Zurückhaltung~~
~~Mit freundlichen Grüßen~~

Grüße, Ihr
Georg Scherl

Ich lege den Kugelschreiber auf den Tisch ab. Puh, der Text hat mich ganz schön ins Schwitzen gebracht. Ich massiere mir die linke Hand, die vom Schreiben ganz verkrampft ist. Meine Armbanduhr zeigt dreiviertel Elf an. Eigentlich wäre es jetzt Zeit für Jessies Spaziergang. Jessie sieht das auch so, denn er hat während dem Schreiben seine Leine geholt und mir vor die Füße gelegt. Dann hat er seinen Gummiball apportiert und nach fünfzehn Minuten als Wink mit dem Zaunpfahl meine Schuhe.

Ich kraule Jessie zwischen den Ohren. »Kurz noch, du Lauser, dann gehen wir raus!«

Ich reiße die Antwort vom Block ab und setze den Schrieb auf ein neues Blatt in Reinschrift. Obwohl ich mir Mühe gebe, hat der Brief eine ganz schöne Sauklaue. Oma wäre entsetzt. Im Wohnzimmerschrank finde ich noch ein vergilbtes Kuvert und ein paar selbstklebende Briefmarken.

»Jessie, leck mal!«, sage ich und halte dem Hund das Kuvert hin, aber er zeigt kein Interesse. Der Klebstreifen schmeckt widerlich, ich schlucke ein paar Mal, um den säuerlichen Geschmack loszuwerden.

Als der Brief endlich fertig ist, fühle ich mich erleichtert, so als hätte ich gerade eine Matheklausur abgegeben. Das Schlimmste wäre damit überstanden! Ich hebe die Leine vom Boden auf und Jessie saust wie auf Kommando zur Haustür. In der Garderobe ziehe ich mir meine Winterjacke und meine Turnschuhe an und bedecke meinen peinlichen Haarwust mit einer braunen Wollmütze. In der Jackentasche taste ich nach meinem Geldbeutel. Das speckige Leder fühlt sich fast so gut an wie Hundefell und eine kalte Flasche Bier und stimmt mich etwas heiterer.

Am Sicherungsschränkchen hängt mit einem Magneten festgesteckt meine Maske. Nachdem ich schon fünf Mal vorm Metzger gestanden bin und feststellen musste, dass ich sie nicht eingepackt hatte, habe ich sie schließlich dort hingehängt. Jetzt sehe ich sie jedes Mal beim Rausgehen und kann sie nicht mehr vergessen. Harry hat mal gemeint, wenn er seine Maske vergisst, fragt er einfach jemanden auf der Straße, ob er eine übrig hat – wie mit einer Kippe. Das hab ich mir auch schon mal überlegt, mich dann aber nicht getraut. Man will ja auch nicht wie so ein asozialer Penner wirken, der sich keine Maske leisten kann.

Ich schau nochmal auf mein Handy, aber außer Harry hat niemand mehr geschrieben. Wahrscheinlich hat jeder vor der Aufgabe genau so viel Schiss wie ich. Ich stecke das Handy und den Wohnungsschlüssel in die andere Jackentasche und pfeife Jessie zu. Los geht's!

Wir laufen die drei Stockwerke runter und schreiten durch die Eingangstür. Draußen ist es feuchtkalt und es geht ein widerlicher Wind. Jessie macht das nichts aus, er rennt ruckzuck den Gehweg entlang. Zwei Querstraßen später biegt Jessie rechts ein. Ich pfeife ihn zurück, aber der Hund hört nicht. Erst, als ich stehen bleibe und Jessie kapiert, dass ich ihm nicht mehr folge, kommt er langsam zurück.

»Jetzt geht's noch nicht zum Metzger. Erst laufen wir ein Stück!«, sage ich ihm.

Jessie macht Augen wie ein getretener Hundewelpe. Ich laufe ein Stück voraus Richtung Pegnitz und Jessie trottet mir mit gesenktem Kopf hinterher. Auf halbem Wege gehen wir an einem gelben Briefkasten vorbei. Ich fummle den Umschlag aus meiner Jackentasche und werfe ihn durch die schmale Klappe in den Behälter. So, erledigt – und jetzt schnell an Omas herrlichen Sauerbraten denken!

Als wir den Fluss erreichen und den Fußweg entlanglaufen, ist Jessie wieder bester Laune. Er beschnuppert seine Lieblingsbäume und jagt eine Schar Tauben davon. Obwohl es schon auf Mittag zugeht, ist kaum jemand unterwegs. Liegt wahrscheinlich an diesem ekligen Wetter.

Der Kies knirscht unter meinen Schuhsohlen und ich muss wieder an den Berg Tesafilm im Werkzeugschrank daheim denken. Ist ja klar, dass sich Harry so eine bescheuerte Aufgabe für unsere Wette ausdenkt. Sowas kann nur einem Tapezierer einfallen! Wahrscheinlich hat er für seine eigene Wand zu Hause ein spezielles Tapeziergerät extra für diesen Mist umgebaut. Außerdem ist die Wand schon verdammt schmal gewesen. Welche Wohnung hat denn bitte so schmale Wände? Ich überlege, welche Wand sich in meiner Wohnung für das Bekleben mit Tesafilm am besten eignet. Möglichst schmal muss sie sein, denn Harry hat gesagt, die komplette Wand muss damit tapeziert werden. Die Wände im Klo haben zu viele Vorsprünge, da wird das Bekleben eine Tortur werden. Aber die eine Wand vom Badezimmer könnte sich eignen. Sie ist relativ schmal und durch die Fliesen lässt sich der Tesafilm sicherlich auch wieder rückstandslos abmachen. Obwohl, um dem Fischer eins auszuwischen, würde ich es auch einfach mal kleben lassen …

Ich hole das Handy aus der Jackentasche, doch es hat noch immer keiner geschrieben. Bis zum Abend ist aber noch Zeit. Wahrscheinlich drücken sich alle und machen es auf die letzte Minute. So wie ich. Dabei haben mir unsere Wetten in den Wochen davor eigentlich immer Spaß gemacht. Außer das mit dem Walgesang, den wir mit dem Handy aufnehmen mussten – das war schon ein bisschen peinlich. Zum Glück hat das mit Carmen schlussendlich doch nicht funktioniert. Die wär mir bei diesem Katzenjammer glatt davongelaufen. Oder hätte gleich die Scheidung eingereicht. So wie bei Manfred. Wahrscheinlich hat er sich deshalb diese Aufgabe ausgesucht, weil er ohnehin schon so gut im Jammern war. Dafür hats sein Weib ja lang mit ihm ausgehalten, bevor sie die Fliege gemacht hat.

Zumindest müssen wir jetzt beim Stammtisch Manfreds Geheule nicht mehr ertragen. Ich überlege, wann der letzte Stammtisch war, aber es ist schon so lange her, dass ich mich gar nicht mehr erinnern kann. Das Skat-Spielen fehlt mir schon. Und das Bier. Alleine trinken macht irgendwie keinen Spaß. Und eine ordentliche Wampe macht es auch, wenn man nicht nebenbei arbeiten muss. Ich tätschle meinen Bauch, der in den letzten Wochen an Umfang gewonnen hat. Ein typisches Merkmal eines After-Corona-Bodys, habe ich letztens in der Zeitung gelesen.

Schade, dass die Besuchsregelungen so strikt sind, sonst hätte man sich ja mal bei den Kumpels zum Kartenspielen treffen können. Bei mir geht's nicht. Einerseits, weil die Wohnung zu klein ist. Klausi hat bei seinem letzten Besuch bei mir raushängen lassen, dass meine Bude nicht seinen Ansprüchen genügt. Das muss ausgerechnet Klausi sagen, der allein in einer Zwei-Zimmer-Wohnung im Industrieviertel lebt. Andererseits ist da der paranoide Nachbar. Wenn der Lunte riecht, dass da fünf Mann starker Besuch bei mir ist, steht gleich die Polizei vor meiner Tür. Meinetwegen könnten die Kumpels ja kommen. Wenn mir jemand das Virus reinträgt, ist mir das herzlich egal. Um mich ist's eh nicht schade. Und um den Klausi auch nicht.

Klausi, der Streber, hat letztes Jahr die Idee gehabt, den Stammtisch über so ein Online-Programm zu machen. Skype heißt es. Hat mich eine Ewigkeit gekostet, das Zeug auf meinem Windows 7-PC zu installieren. Natürlich hat das mit dem Online-Treffen dann nicht funktioniert. Manfred ist gar nicht in das Skype reingekommen und hat nur panische Nachrichten über das Handy geschickt. Harry hatte kein Mikrophon und als wir dann endlich alle unsere Bierchen geöffnet hatten, konnte er lediglich Trink- und Prost-Gesten machen, um sich mitzuteilen. Walter ist die ganze Zeit stumm geblieben und hat in die Kamera geschaut, als hätten ihn Außerirdische entführt.

Wie dann schließlich alle bereit waren, wusste keiner, was er sagen soll. Ganze zehn Minuten haben wir uns angeschwiegen und an unseren Flaschen genippt. Ich glaube, ich hab noch nie derart schnell ein Bier ausgetrunken. Dann hat Klausi einen Witz erzählt, den er neulich irgendwo gehört hatte und plötzlich haben alle durcheinandergeredet. Keiner hat was verstanden, daher sind alle wieder stumm geworden. Zum Schluss hat man nur noch Stephan schnarchen gehört, weil der kurzerhand vor seinem Computer eingeschlafen ist.

Stephan, der ja eigentlich Bademeister ist, hat das ganze letzte Jahr eine ruhige Kugel geschoben, weil die Schwimmbäder alle geschlossen waren. Im Januar allerdings wurde er ins Gesundheitsamt versetzt, um Infektionsketten nachzuverfolgen und jetzt muss er jeden Tag durch ganz Deutschland telefonieren, was ihn ziemlich fertigmacht. Weil er so müde ist, hat er in letzter Zeit auch bei unseren Wetten schlecht abgeschnitten. Sein Walgesang war nicht mal zwei Minuten lang und für sein Klopapierschloss hat er die Rollen alle kurzerhand auf einen Haufen geworfen.

An unseren Online-Stammtisch konnte sich Stephan jedenfalls nicht mehr erinnern, nur noch daran, dass er diese Nacht sehr gut geschlafen hatte. Auf jeden Fall ist das Skype nix für mich. Die anderen haben es wohl ebenso gesehen, denn wir haben es nie wieder probiert.

»Also, von Ihrem Geglotze wird die Ampel auch nicht grün!«, höre ich hinter mir jemanden keifen.

Vor lauter Schreck hüpft mir das Herz in den Hals. Jessie und ich sind an unserem Wendepunkt angekommen – einer Fußgängerampel am Ende des Weges, der in einen Straßenübergang mündet. Da muss man normalerweise auf dieses gelbe Kästchen drücken, damit die Ampel auf Grün umschaltet, doch vor lauter Stammtisch und Skype hab ich das wohl vergessen.

Eine Frau mit Brille und Kurzhaarschnitt humpelt an mir vorbei und drückt dreimal fest auf den gelben Knopf. Na, das war jetzt aber mal unhöflich! Da steh ich da und tue keiner Fliege was zu Leide und dann muss die Alte so rummosern.

»Das kann man aber auch netter sagen!«, fährt es aus mir raus. Was Besseres ist mir leider nicht eingefallen.

»Und Sie könnten mal die Augen aufmachen und drücken! So geht ja gar nichts weiter!«, keift sie zurück und hastet im Eilschritt über den Zebrastreifen, wo das Männchen plötzlich grün wird.

Ich starre ihr hinterher und gehe erst los, als Jessie schon auf der anderen Straßenseite ist. Der Hund geht zielstrebig nach links, er kennt die Route nach Hause durch das am Fluss liegende Wohngebiet. Ich muss den Kopf schütteln. Was sind die Leute zurzeit aggressiv – mein lieber Scholli! Seit einem Jahr hat man das Gefühl, es laufen lauter Verrückte durch die Gegend. Wahrscheinlich kommt das von dem Virus. Dass der bei den meisten Menschen aufs Hirn geht, hat das RKI aber nicht gesagt.

Vor zwei Wochen ist uns beim Bäcker auch so ein Grenzdebiler begegnet. An diesem Tag wollte ich mir ein halbes Kümmellaibchen holen und habe Jessie vor der Tür gelassen, denn beim Bäcker kriegt er immer Niesanfälle. Da hör ich den Hund plötzlich jaulen und sehe durch die Glaswand, wie so ein Typ an Jessies Leine rumzerrt. Der Hund hat sich vor lauter Angst totgestellt. Ich lasse mein Kümmellaibchen fallen und springe durch die Eingangstür. Der Typ hat etwa mein Alter und eine große Einkaufstüte dabei. Ich reiße ihm die Leine aus der Hand und schreie, was um Himmels Willen das denn soll. Der Typ stammelt irgendwas von »so können Sie ihn besser sehen«, packt seine Tüte und läuft davon. Ich streichle Jessie, um ihn zu beruhigen, aber der stellt sich vorsichtshalber noch eine Weile tot. Die Verkäuferin im Geschäft schüttelt den Kopf und meint, der Mann wäre ja mal total plemplem gewesen.

Am Abend desselben Tages war ich noch immer so aufgewühlt, dass ich kurzerhand Harry angerufen habe, um ihm das zu erzählen. Harry meinte daraufhin, ihm sei auch schon so ein Wahnsinniger begegnet. Im Kupsch bei ihm um die Ecke treibt sich seit Kurzem einer rum, der Leute anspringt und behauptet, die hätten ihren Einkauf nicht bezahlt. Als Harry letztens dort war, hats ihn auch erwischt. Aus dem Nichts kam der Typ und hat steif und fest behauptet, Harry hätte an der Kasse nicht gezahlt. Harry hat zuerst mal gar nichts gesagt, sondern nur den Mund aufgemacht und blöd geglotzt. Jetzt muss man wissen, dass Harry nicht gerade mit dem schnellsten Hirn gesegnet ist. Tapezieren kann er ja, aber flott denken ist eine Nummer zu groß für ihn. Anstatt dem Typen mal die Meinung zu sagen, hat er ihm nur seinen Kassenzettel vor die hässliche Nase gehalten und war heilfroh, als der wieder abgezogen ist, um einen anderen zu belästigen. Seither geht Harry nur noch geduckt durch den Kupsch und nimmt beim Bezahlen nicht nur seinen eigenen, sondern auch alle anderen Kassenbelege mit, die er finden kann.

Gut, dass beim Metzger noch alles beim Alten ist. Jessie und ich sind jetzt vor seinem Geschäft angekommen und das rote Backsteinhaus lenkt mich von all den verrückten Menschen ab. Ich bilde mir ein, es riecht sogar schon ein bisschen nach gebratenem Fleisch.

Mist, da stehen schon wieder ein Haufen Leute vor dem Eingang. Seit einem Jahr dürfen nur noch sechs Leute gleichzeitig ins Geschäft, daher warten jetzt immer einige draußen. Heute ist es ja noch ganz okay, vier Leute stehen in der Schlange. Jessie und ich stellen uns hinten an.

Am Schaufenster hängt ein großer Anschlag mit den Mittagsmenüs der Woche. Gestern gab es Rindsrouladen mit Semmelknödel und Kraut. Mein Gott, war das herrlich! Selbst meine Oma hätte das gegessen. Ich linse auf das Papier, um aus der Entfernung die kleine Schrift zu entziffern. Heute gibt es Leberkäse mit Kartoffelstampf und Erbsengemüse. Auch was Leckeres! Ich gehe in die Hocke und sage zu Jessie laut »Leberkäse«, aber ich glaube, er hat's nicht verstanden. Mit großen Hundeaugen sieht er mich an und lässt die Zunge aus dem Maul hängen. Er ist gut gelaunt, denn er weiß, gleich bekommt er was zu Fressen. Den Vorfall beim Bäcker scheint er längst vergessen zu haben. So ein lockeres Gedächtnis hätte ich auch gern.

Jessie und ich warten ein paar Minuten. Die Schlange wird kürzer, jetzt sind nur noch zwei Leute vor uns. Die Schrift auf dem Anschlag ist nun gut zu lesen. Morgen gibt es Hühnercurry mit Linsendal und Sojasprossen. Ich verziehe den Mund. Wahrscheinlich kochen sie so komisches Zeug, um die jungen Leute für ihren Mittagstisch zu gewinnen. Sonst kommen ja nur die alten Säcke wie ich und wenn wir ausgestorben sind, hat der Metzger keine Kundschaft mehr. Mir persönlich wär's ja lieber, sie würden was Anderes kochen. Gulasch zum Beispiel, oder Rippchen.

Jessie und ich warten nochmal eine Weile, aber da geht ja jetzt gar nichts mehr vorwärts. Hinter mir beginnt so eine Alte zu keifen, was denn da so lang dauere. Ist ja schon komisch. Grad die alten Weiber, die nix mehr arbeiten müssen und den ganzen Tag daheim sind, haben es immer am eiligsten. Ich versuche das Gemotze auszublenden, denn ich habe keine Lust mehr auf Konfrontation mit Verrückten. Zumindest riecht es schon sehr gut und auch Jessie wird jetzt langsam unruhig, denn der Spaziergang hat ordentlich unseren Appetit angeregt.

An sich ist das mit dem Warten gar nicht so schlimm. Ist ja nicht so, als würde einem das Leben zurzeit davonlaufen. Da hat es im Winter letzten Jahres noch anders ausgesehen. Als im Dezember alles zum zweiten Mal dichtmachen musste, hat es sich hier beim Metzger brutal gestaut. Einmal haben Jessie und ich sage und schreibe fünfzig Minuten auf unsere Bratwürste mit Kohl und Pommes gewartet und die Schlange hat bis zur Postfiliale zweihundert Meter weiter weg gereicht.

Eine Woche später, als die Schlange immer länger wurde, stand plötzlich ein großes Schild vor dem Eingang der Metzgerei. Ich hab nicht schlecht gestaunt, als ich gelesen hab, was da draufstand: Wer eine Wette gegen den Chef gewinnt und das mit einem Foto beweisen kann, bekommt seinen Mittagstisch zum halben Preis. Bei der Aufgabe ging es darum, einen Turm aus fünf Wassermelonen zu bauen. Das kam mir so bescheuert vor, dass ich die dicke Kassiererin beim Metzger darauf angesprochen habe.

Die Dicke hat daraufhin laut gestöhnt, während sie meine Bratwurst unter einer großen Portion Pommes begraben hat. Anscheinend haben sie seit dem zweiten Lockdown lauter Kunden, die nicht nur wegen dem Essen, sondern auch wegen der Gesellschaft kommen. Alte Leute hauptsächlich, die keiner mehr besuchen darf und die sich langweilen und jemanden zum Plaudern brauchen. Die Kassiererin meinte sogar, es kämen welche, die einen Kilo Wurstaufschnitt bestellten, nur, damit die Verkäuferin möglichst lang bei Ihnen an der Theke stehen muss, um sich mit Ihnen zu unterhalten. Daher hat

der Chef kurzerhand die Wette mit den Wassermelonen aufgestellt, damit die Leute was zu tun haben
und seine Verkäuferinnen in Ruhe lassen.

Ich fand das so beknackt, dass ich von dem Schild
ein Foto gemacht und an unsere Stammtischgruppe
geschickt habe. So nach dem Motto »Schaut mal,
wie durchgeknallt alle schon sind«. Stephan, dem
bis dahin selbst noch stinklangweilig war, hat zwei
Tage später ein Bild von einem tadellos senkrecht
stehenden Wassermelonenturm geschickt. Klausi,
der Narzisst, der immer in allem der Beste sein muss,
hat zehn Stunden später auch eins geschickt. Mit
sechs Melonen statt fünf.

Drei Tage darauf war ich der Einzige, der noch
keinen Turm gebaut hatte. Ich wollte mich da
ja raushalten, denn ich bin ja nicht bescheuert.
Doch Manfred meinte dann, der Georg wäre als
Schreiner unterqualifiziert – der kann nur Sachen
stapeln, die fest und rechteckig sind. Also hab ich
mir beim Edeka sieben Wassermelonen gekauft.
Sieben gab es in der Obst- und Gemüseabteilung
zur Auswahl und ich musste extra nochmal zu-
rücklaufen, um mir einen zweiten Einkaufswagen
zu holen, denn so viele Melonen kann ich nicht
einfach mal so transportieren. Die Frau an der Kasse hat mich ziemlich blöd gemustert, als ich die
Dinger nacheinander auf das Förderband gelegt
habe. Ich glaube, ich bin ziemlich rot geworden.
Zum Glück hat noch keiner von Typen gehört, die
Wassermelonen hamstern, daher hat sie schlussendlich nichts gesagt.

Daheim bin ich einen Tag lang vor den Wassermelonen gesessen, um rauszufinden, wie um Himmels
Willen Stephan und die anderen Schnarchnasen die

aufgestapelt hatten. Bis ich dann irgendwann kapiert habe, dass man die Melonen an den Rundungen abflachen muss. Ich hab den Kumpels meinen Turm gezeigt, der fast bis an die Decke reichte und ich wurde einstimmig zum Sieger erklärt. Außer von Klausi, der meinte, mein Turm hätte Schlagseite und sei nicht so schön gerade wie sein sechsmeloniger.

Jedenfalls hat das doch tatsächlich Spaß gemacht und Manfred hat sich die nächste Aufgabe ausgedacht: ein Fort aus Klopapierrollen bauen. Der, der das schlechteste Fort baut, muss den anderen eine Kiste Bier spendieren. So kam es schließlich zu unseren Wetten und heute müssen wir für Harry eine Wand mit Tesafilm tapezieren. So ein hirnverbrannter Quatsch kann auch nur einem Tapezierer einfallen.

Jessie und ich stehen jetzt direkt vor dem Eingang. Ich setze meine Maske auf und ein paar Sekunden später ist meine Brille komplett beschlagen. Bescheuerte Dinger, bin froh, wenn wir das Zeug endlich nicht mehr brauchen. Vielleicht sollte ich mir doch eins von diesen Brillentüchern kaufen, die so eine Anti-Beschlag-Wirkung haben. Stephan meinte, die wirken ganz zuverlässig. Als eine Frau mit Baby und einer Lammhaxe im Gepäck aus dem Geschäft kommt, können wir schließlich reingehen. Rechts ist die Fleischtheke, mittig die Wursttheke und links ist der Glasschrank mit den heißen Speisen darin. Es riecht nach Brathähnchen und Soße. Die dicke Kassiererin ist heute nicht da, dafür die Frau vom Chef.

»Na, Herr Scherl, heute wieder zweimal Mittag?«, fragt sie, während sie ein langes Fleischmesser mit einem Schleifstab wetzt.

»Wie gehabt!«, antworte ich.

Sie legt das Messer und den Stab beiseite und holt aus der Ecke zwei Einwegverpackungen aus Styropor. Dann nimmt sie aus der heißen Theke zwei dicke Scheiben Leberkäse und schöpft aus einem Bottich je einen großen Löffel Kartoffelpüree.

»Für das Hundchen auch Erbsen?«, fragt sie.

»Nee, nur den Stampf, bitte!«, sage ich, denn Jessie bekommt von Gemüse immer fürchterliche Blähungen.

Die Frau Chefin gibt in Jessies Portion stattdessen noch einen Extraschlag Kartoffelpüree und verschließt beide Packungen mit einem Aufkleber, auf dem das Logo der Metzgerei zu sehen ist: ein Schwein, das in ein Stück Speck beißt.

»Das macht dann 10,60 Euro! Tüte dazu?«, sagt die Frau.

Ich nicke, während ich in meiner Jacke nach meiner Geldbörse suche.

»Mag das Hundi eine Scheibe Gelbwurst?«

»Ja, das wäre lieb!«, sage ich.

Jessie wird jetzt aufmerksam. Für ein Stück Gelbwurst würde er sich vor ein fahrendes Auto legen. Die Metzgerin angelt mit einer Gabel nach einer Scheibe Wurst. Inzwischen lege ich einen Schein und ein Ein-Euro-Stück auf die Theke und nehme die braune Tüte mit dem Essen entgegen.

Jessie stellt sich vor die Wursttheke und die Metzgerin wirft ihm die Gelbwurst hin. Schnapp, weg. Ich verabschiede mich und ziehe Jessie am Halsband aus dem Geschäft, denn den Wurstladen verlässt er nicht freiwillig. Draußen setze ich als erstes die Maske ab und putze meine Brille mit einem Hemdzipfel. Ach, wie gut, Frischluft! Doch die

Erleichterung währt nur ein paar Sekunden lang, denn mittlerweile geht ein widerlicher Wind und Jessie und ich hasten nach Hause, damit das Essen nicht auskühlt.

Vor der Eingangstür wartet Jessie mit wedelndem Schwanz darauf, dass ich aufschließe. Ich öffne die Tür und gemeinsam laufen wir die Treppen nach oben. Im ersten Stock beginnt Jessie plötzlich laut zu hecheln, dann schießt er die Treppen hinauf. Über dem Rand des Treppenabsatzes kann ich erkennen, dass die Moreck, die unter uns lebt, vor der Wohnung ihrer Eltern steht. Auf dem Boden hinter ihr liegt irgendwas. Jessie macht einen Satz nach vorne. Von der Intensität, mit der er sabbert, schließe ich drauf, dass es sich bei dem Etwas um ein Stück Fleisch handelt. Die Moreck tut einen Schrei und packt Jessie bei seinem Halsband. Das kommt jetzt ungünstig.

»Jessie, aus!«, rufe ich schnell und haste zu dem verfressenen Vieh, um ihm die Tüte mit dem Leberkäse vor die Nase zu halten. Das Ablenkungsmanöver gelingt und Jessie läuft nach oben, um sein Mittagessen verspeisen zu können.

Ich japse ein bisschen und versuche mich zu entschuldigen, indem ich erkläre, dass der Hund sich immer aufführt wie ein Verrückter, wenn er Hunger hat. Weil mir der Sauerstoff für zusammenhängende Sätze fehlt, kommen nur einzelne Worte aus meinem Mund, aber ich glaube, die Moreck hat mich schon verstanden. Zumindest sieht sie ein bisschen perplex aus. Außerdem muss ich jetzt los, denn kalter Leberkäse ist ein Graus. Ich drehe mich um und springe die restlichen Treppen hinauf.

Daheim angekommen ziehe ich meine Sachen aus, wasche meine Hände und trage die Tüte ins Wohnzimmer zum Esstisch. Jessie hat sich schon neben meinem Stuhl positioniert und hechelt laut vor Aufregung. Ich hole die warmen Verpackungen raus. Noch schnell ein Glas Wasser und Besteck holen! Danach lege ich Jessies Portion auf den Fußboden und sofort ist wieder ein lautstarkes Schlabbern und Kauen zu hören. Ich schneide mit dem Besteck ein Stück Leberkäse ab. Mmh, herrlich! Den Leberkäse macht der Metzger fast noch besser als die Oma. Auch das Püree und das Erbsengemüse sind wieder mal hervorragend. Wie hat Oma immer zu mir gesagt? Jung, dumm und verfressen. Na, zumindest an den letzten beiden hat sich nichts geändert.

Es dauert nicht lang, da ist das Essen auch schon wieder verschwunden. Jessie hat nur halb so lang wie ich gebraucht und hat mich dann mit großen Augen angeglotzt und gewinselt, bis ich ihm schließlich noch ein Stück von meiner eigenen Scheibe abgegeben habe. Ich lehne mich zurück und spüle den letzten Bissen Erbsengemüse mit einem Schluck Leitungswasser runter.

»So, dem Pfarrer sei Sau ist jetzt satt!«, sage ich zufrieden und unterdrücke einen Rülpser.

Jessie hat nun geschnallt, dass es bei mir nichts mehr zu holen gibt und legt sich auf das Sofa, wo er sich zu einer Kugel zusammenrollt und ein paar Minuten später zu schnarchen beginnt.

Ich stelle das Glas auf dem Tisch ab und schaue auf die leeren Einwegverpackungen. Eigentlich würde ich mich jetzt zu Jessie auf das Sofa legen, um ein Stündchen lang in die Matratze zu horchen. Aber ich muss an den Berg Tesafilm denken, der im

Werkzeugschrank auf mich wartet. Wenn ich mich jetzt hinlege, werde ich vor Nervosität nicht schlafen können und die Wand wird heute wahrscheinlich nicht mehr fertig werden. Dann wird Harry allen schreiben, er hätte doch gewusst, der Georg ist im Tapezieren eine richtige Flasche. Das geht ja gar nicht, dass ich mich von so einer Niete wie Harry fertigmachen lasse. Ich entscheide mich also gegen das Nickerchen und gehe stattdessen in die Küche, um mir nochmal eine Tasse Kaffee zuzubereiten.

Während das Kännchen auf dem Herd pfeift, läutet mein Handy. Walter hat ein Foto von seiner Wand gepostet. Ich meine, darin den kurzen Wandvorsprung in seinem Wohnzimmer zu erkennen. Jedenfalls ist die Wand nicht mehr als sechzig Zentimeter lang. Das kann nicht allzu schwierig sein, sowas zu bekleben. Jedenfalls sieht es nicht übel aus für einen Isolierer. Während ich das Foto betrachte, steigt meine Nervosität. Ich glaube, jetzt kann ich mich wirklich nicht mehr länger drücken. Als das Kännchen fertiggekocht hat, hole ich meinen Hausschlüssel und mache mich auf den Weg in den Keller, um die große Leiter zu holen.

Zurück in der Wohnung läuft mir der Schweiß den Rücken runter. Meine Kondition hat in den letzten Monaten bedenklich stark nachgelassen und die Leiter in den dritten Stock hinauf zu schleppen war eine echte Plackerei. Ich stelle die Leiter in den Flur und gehe in die Küche. Jetzt erstmal eine Tasse Kaffee, um mich für den Kampf zu rüsten. Das braune Gesöff duftet und schmeckt herrlich. Ich versuche, nicht an Harrys hämische Lache zu denken und hole nach dem letzten Schluck Kaffee die Tesafilm-Rollen aus dem Werkzeugschrank hervor. Zwanzig Stück habe ich gekauft. Zehn beim Edeka und nochmal zehn bei der Norma.

Ich schaue auf die Wanduhr, die über der Küchentür hängt. Es ist jetzt fast zwei Uhr nachmittags. Bleiben noch vier Stunden bis ich das Foto an die Kumpels schicken muss oder ich habe automatisch verloren. Ich befreie die Tesafilm-Rollen aus der Verpackung und hole aus der Schublade eine Schere.

Im Badezimmer stehend könnte ich schwören, der Wandvorsprung, der gleich beklebt wird, ist nochmal um zehn Zentimeter gewachsen. Und irgendwie schräg geworden. Die Leiter passt mit ihren Füßen gerade so zwischen Klo und Dusche. Als ich vorhin meinen Kaffee getrunken und mir für Harry ein paar gemeine Schimpfwörter überlegt habe, ist mir plötzlich eine Idee gekommen. Harry und Manfred haben ihre Wand senkrecht beklebt. Eigentlich wäre es doch viel einfacher, den Tesafilm waagrecht anzubringen und sich von oben nach unten vorzuarbeiten. Da werden die Kumpels ihre Augen aufreißen, wenn sie das sehen. Nicht mal der Blödkopf Harry ist auf diese geniale Idee gekommen. Und sowas will ein Tapezierer sein.

Vom Koffein und meiner tollen Idee beschwingt, nehme ich einen Tesafilm in die Hand und steige auf die Leiter. Es kostet mich schon mal ein paar Minuten, um das Ende des Klebestreifens zu finden und mit meinem Daumen abzufitzeln. Ich ziehe ein Stück Streifen ab und versuche, das Ende in die linke obere Ecke zu kleben. Zum Glück hält es ganz gut auf den Fliesen, aber verflucht, über Kopf zu arbeiten ist echt unangenehm. Wahrscheinlich ist Harry deswegen nichts Besseres eingefallen, weil sein Hirn vor lauter Decken tapezieren und Kleisterdampf ganz weich geworden ist.

Ich klebe und klebe und versuche, die Streifen möglichst nahtlos aneinander zu bringen. Nach zehn Minuten ist mir leicht schwindlig und mein Hemd ist durchgeschwitzt. So ein Käse! Sollte Harry gewinnen, hoffe ich, er erstickt an seinem Bier! Wenn Oma das jetzt sehen würde, täte sie wahrscheinlich einen Schlag kriegen.

Dabei waren die vorherigen Wetten eigentlich ganz lustig, bis sich Harry diesen Mist ausgedacht hat. Die Aufgabe mit dem Klopapierfort hat mir zum Beispiel gut gefallen. Manfred hat sich die ausgedacht, weil er zu Beginn der Pandemie in einem Anfall von Panik Unmengen Klopapier, Nudeln und Tomatensoße gekauft hat. Sein Badezimmer war so vollgestellt mit Klopapierrollen, dass er gerade mal zum Waschbecken gehen konnte. Die Toilette war rundherum zugebaut, also hat er aus zwei Metern Entfernung in die Schüssel pinkeln müssen. Die Sauerei mag ich mir gar nicht vorstellen. Geduscht hat er sich, glaub ich, gar nicht mehr. Also hat er dann schließlich das Klopapier in seiner Bude verteilt und kurzerhand zur Aufgabe gestellt, ein Fort oder sowas ähnliches zu bauen.

Wir fanden die Aufgabe alle leicht machbar, nur an so viel Klopapier ranzukommen war etwas schwierig. Der Edeka hat die Ausgabe von Klopapier auf zwei Packungen pro Person beschränkt. Also bin ich sieben Mal hintereinander einkaufen gegangen, um genügend Rollen zusammenzubringen. Ich bilde mir ein, beim letzten Mal hat mich die Kassiererin schon etwas verdächtig gemustert. Wahrscheinlich hat sie sich auch noch an die Wassermelonen erinnert. Jedenfalls hat sie mich ausführlich angeglotzt und ich glaube, ich bin wieder ziemlich rot geworden. Man will ja auch nicht wie so ein asozialer Kretin rüberkommen, der alten Menschen das Klopapier wegkauft.

Ärgerlich, dass dann ausgerechnet Klausi die Wette gewonnen hat. Klausi, der Streber, hat sich ganz ambitioniert gezeigt und mit seinem Klopapier Schloss Neuschwanstein nachgebaut. Er hat sogar Klopapier genommen, dass mit kleinen Rauten bedruckt war und die Rollen so aufgestellt, dass das Schloss ein durchgängiges Rautenmuster hatte.

Stephan hat sich hingegen keinerlei Mühe gegeben, weil er in der Zwischenzeit zum Gesundheitsamt versetzt worden ist und von der vielen Telefoniererei total fertig war. Er hat eine Packung Klopapier gekauft und die Dinger kurzerhand auf einen Haufen geworfen. Eigentlich hätte er einem leidtun müssen, aber wer verzichtet schon freiwillig auf eine Kiste Bier?

Gar nicht gefallen hat mir die Wette, die sich Klausi ausgedacht hat und die ich als einzige verloren habe. Klausi, der Sadist, hat verlangt, dass wir uns die ersten 25 Kommazahlen von Pi merken. Dazu mussten wir uns die Augen verbinden und ein Video aufnehmen, in dem wir die Kommazahlen der Reihe nach aufsagen. Ich wusste schon gar nicht mal mehr, dass es sowas wie Pi ja überhaupt gibt. Wozu braucht man denn so einen Mist im normalen Leben? Außerdem musste ich beim Auswendiglernen immer an unsere Mathelehrerin aus der Realschule denken. Fräulein Lenk hat immer mit Kölnisch Wasser geduscht und bevor sie ins Klassenzimmer kam, hat man sie zwei Minuten vorher bereits riechen können. Bis zu meiner Lehrprüfung konnte ich dann keine Frau mehr treffen, die Parfüm getragen hat, weil ich sofort Schweißausbrüche bekommen habe und an das Multiplizieren von Bruchzahlen denken musste.

Jedenfalls hat mein Hirn schon nach zehn Ziffern versagt und ich musste Klausi, dem Streber, eine Kiste Bier ausgeben. Aber heute passiert mir das nicht. Besser als diese Schnarchnase Stephan bin ich alle mal. Bestimmt schläft Stephan während dem Bekleben ein und fällt von der Leiter.

Nach einer halben Stunde Kleben habe ich schließlich den ersten Meter Wand geschafft. Meine Hände tun weh, schwitzen und mein Rücken ist schwer beleidigt. Ich steige von der Leiter runter und beschließe erstmal, mich mit einem Bierchen zu stärken. Als ich in der Küche gerade den Kühlschrank öffne, läutet es an der Tür. Sofort höre ich Jessie, der hechelnd durch den Flur Richtung Haustür rast.

Ich stelle die Flasche auf den Tresen und gehe in den Flur, um aufzumachen. Vor der Tür steht ein DHL-Mensch mit einem kleinen Paket in der Hand.

»Grüß Gott, können Sie ein Paket für den Nachbarn annehmen?«, fragt der Mann.

Es ist ein kleiner Dicker mit schwarzen Haaren und Doppelkinn. Klingt und sieht aus wie ein Türkischstämmiger. Ich kenne den Mann vom Sehen her, weil er jeden Tag mit einer Ladung Pakete im Eingangsbereich unseres Hauses auftaucht. Seit einem Jahr bestellen die Leute ja wie bescheuert und der arme Kerl muss den ganzen Mist durch die Gegend tragen. Schon ein bisschen plemplem, was die Leute heutzutage alles kaufen. Ich könnte schwören, ich habe letztens sogar ein Paket mit der Aufschrift

»Frittierte Vogelspinnen – Frostfutter für Ihre Python« gesehen.

»Ja ja!«, sage ich und strecke die Hand nach dem Paket aus. Jessie kommt mir zuvor und schnappt danach. Wahrscheinlich denkt er, da ist eine Wurst oder ein Gummihuhn für ihn drinnen. Ich befreie das Paket aus Jessies müffelndem Maul und lese den Namen auf dem Adressetikett: Marco Biassini. Ich vermute mal, das ist der eine, der in der Studenten-WG über mir lebt. Der schaut ganz nett aus und grüßen kann er auch. Das Päckchen ist leicht und ein einzelner Gegenstand rutscht darin herum.

Der DHL-Bote bedankt sich und läuft die Treppe hinunter. Ich lege das Päckchen auf den Werkzeugschrank im Flur und gehe zurück zu meinem Bierchen, das schön kalt ist und in der braunen Flasche perlt. Prost! Mmh, herrlich! Jessie sieht mich mit großen Augen an. Wahrscheinlich will er wieder spazieren gehen.

»Ein bisschen musst du noch warten, du Lauser!«, sage ich und hole ihm aus der Schublade zwei Leckerlis. Jessie beschnuppert sie in meiner Hand und isst sie dann zögerlich.

»Also wirklich, man kann doch nicht den ganzen Tag Wurst essen!«, schelte ich ihn und streiche über seine Ohren.

Jessie folgt mir zurück ins Badezimmer, wo ich aus dem kleiner werdenden Berg Tesafilm eine neue Rolle rausziehe. Meine Armbanduhr zeigt fast drei Uhr an und zwei Drittel der Wand sind noch unbeklebt. Ich seufze, aber es muss sein – rauf auf die Leiter! Jessie sieht mir zu, wie ich das Klebeband runterfitzle und auf den weißen Fliesen anbringe.

Langsam habe ich etwas Übung und das Kleben geht schneller. Als ich fünf neue Reihen geklebt habe, fällt mir der Tesafilm beim Abziehen auf den Boden und rollt hinter den Mülleimer. Jessie, der es sich inzwischen auf dem Teppichvorleger bequem gemacht hat, sieht auf.

»Jessie, hol Tesafilm!«, rufe ich ihm zu.

Jessie sieht mich kurz an und legt dann wieder den Kopf zwischen die Pfoten.

Gerade will ich mit dem Tesafilm in der Hand wieder auf die Leiter steigen, da läutet es an der Tür, Jessie bellt vor Schreck und ich falle einen Meter tief auf den gefliesten Boden. Ein stechender Schmerz macht sich in meiner rechten Schulter breit und vor meinen Augen tanzen Sterne. Ich bleibe kurz am Boden liegen, Jessie beschnuppert mein Gesicht und hechelt mir müffelnden Hundeatem vor die Nase. Ich japse. Zum Glück lässt der Schmerz in meiner Schulter langsam nach und weicht einem unangenehmen Pochen. Vorsichtig richte ich mich auf und reibe mir die Schulter. Es läutet nochmal.

»Kruzifix, ich komm ja schon!«

Ich stehe auf und humple zur Tür. Vor dem Eingang steht wieder ein Mann, aber ein junger diesmal und ich glaube es ist der Student, der über mir wohnt. Jessie rennt ihm entgegen, als hätte er seit Tagen keinen anderen Menschen mehr gesehen.

»Hallo! Sie haben ein Paket für mich angenommen?«, fragt er und versucht sich Jessie vom Leib zu halten.

Die jungen Leute und ihre Pakete! Das ist jetzt echt das letzte, das ich angenommen habe. Ab morgen mache ich es wie der gestörte Nachbar, der wegen jedem Mist die Polizei ruft und nehme kurzerhand nichts mehr entgegen.

Ich versuche, was zu sagen, aber ich verstehe selbst nicht, was da grad aus meinem Maul rauskommt, denn mein Kopf fängt jetzt an wehzutun und in meinen Ohren scheppert es. Ich humple zurück in den Flur und hole das Paket vom Werkzeugschrank. Als ich wieder bei der Tür bin, lässt das Klingeln langsam nach und ich drücke dem Störenfried das Paket in die Hand. Der Bubi sagt etwas und zieht wieder ab.

Humpelnd laufe ich ins Bad zurück und versuche nicht über Jessie zu fallen, der vor Aufregung um meine Beine läuft. Ich könnte schwören, die Leiter ist in der kurzen Zeit wackeliger geworden und die Wände schwanken bedrohlich als ich mich nach dem Tesafilm bücke. Am liebsten würde ich mich auf die Badematte mit Omas flauschigen Gänseblümchen-Stickereien legen und ein kurzes Nickerchen machen. Aber ich muss an Klausi und Harry denken und steige kurzerhand auf die Leiter. Jessie hat derweil wieder zu schnarchen begonnen. Ich fitzle einen Streifen Tesafilm ab. Noch eineinhalb Meter …

Drrrring! Mein Handy läutet und reißt mich aus dem Schlaf. Verwirrt blicke ich mich um. Ich sitze im Wohnzimmer und bin wohl kurzerhand auf dem Esstisch eingeschlafen. Draußen ist es schon stockdunkel und ich erkenne im Schein des leuchtenden Displays den Umriss einer halb leeren Flasche Bier.

Mit zitternden Händen greife ich nach dem Handy. Um 17:56 Uhr habe ich das Foto von meiner fertig tapezierten Wand an meine Kumpels geschickt.

Hundsverreck, das war diesmal knapp! In Gedanken habe ich für Harry schon eine Kiste Bier vom Edeka heimgeschleppt. Während ich geschlafen habe, hat sich die Gruppe bereits über das Ergebnis der Wette ausgetauscht. Mit zwei Fingern versuche ich das Display größer zu machen, um genau zu sehen, wie es ausgegangen ist.

Stephan ist erwartungsgemäß beim Tapezieren am Boden eingeschlafen – der Trottel hat wohl von unten statt von oben angefangen zu bekleben – und hat sich seither nicht mehr gemeldet. Manfred wurde disqualifiziert, weil er einen winzigen Wandvorsprung tapeziert hat, der so klein ist, dass man da gerade mal sein Passfoto daran aufhängen könnte. Walter hat kurzerhand aufgegeben, nachdem er bekloppterweise versucht hat, eine ganze Schlafzimmerwand zu bekleben.

Und dann ist da noch die Wand von Klausi. Klausi, der hinterhältige Spast, hat geschummelt und zwischen seinen Tesafilm-Streifen jeweils zwei Millimeter Abstand gelassen. Harry ist zwar sonst ein ziemlicher Superspreader an Blödheit, aber das hat er sofort erkannt. Damit ist es bewiesen: Klausi ist ein Schummler, hat kleine Mädchenhände und tapezieren kann er auch nicht. Manfred und Walter sind sich einig, dass Harry und ich die Wette gemeinsam gewonnen haben.

Ich lasse das Handy fallen. Die Bierflasche fällt laut klirrend zu Boden, als ich aufspringe und Jessie, der bis dahin Bauch nach oben auf der Couch gelegen hat, bei den Pfoten packe. Zu Weihnachten habe ich Jessie beigebracht, Walzer zu tanzen. Das ist nach drei Glühbier und der Andrea Berg-Show im Radio ganz von selbst passiert. Hat sich herausgestellt, dass der Hund ein gutes Taktgefühl hat und gerne die Führung übernimmt, wenn ich dafür zu besoffen bin. Jessie liebt Andrea Berg und Kim Müller. Leider mag er die Helene Fischer so gar nicht und das, obwohl ich ihm mindestens ein Dutzend Mal »Atemlos« vorgespielt habe.

Aber heute ist mir das egal. Ich tanze mit Jessie durch das Wohnzimmer in den Flur und dann wieder zurück in die Küche. Die Vorstellung von Klausis belämmerten Gesicht, wie er beim Schummeln erwischt worden ist, verleiht mir Flügel und wir tanzen wie noch nie zuvor. Nach zehn Minuten geht mir die Luft aus und mein angeknackster Schädel meldet sich. Jessie hat nach der zwanzigsten Drehung angefangen zu sabbern und in der Wohnung ordentlich Schleim verteilt.

Ich lasse Jessies Pfoten los. Um mich herum dreht sich alles. Erst, als mir Jessie müffelnden Hundeatem ins Gesicht hechelt, merke ich, dass ich wieder auf dem Boden liege. Jessie betrachtet mich eine Weile, wie ich daliege wie ein Fisch an Land und nach Luft schnappe. Langsam beruhigt sich mein Herzschlag und Jessie legt sich neben mich, Kopf auf meine Brust.

Ich kraule Jessies Ohren und muss plötzlich an meine Oma denken. Vor dem zu Bett gehen hat sie mir früher immer eine Tasse heißen Kakao hergerichtet, selbst als ich schon neunzehn war und eigentlich nur noch alkoholhaltigen Weizensaft getrunken habe. Ich glaube, heute gönne ich mir wieder mal eine Tasse. Dabei werde ich an Klausi denken wie er zähneknirschend eine Kiste Bier zur Supermarktkasse schleppt und insgeheim meine perfekte Tesafilm-Wand bewundert. Danach werde ich ins Bett gehen und schlafen wie ein Baby.

Tür Nr. 37

Marco

Etwas piepst. Leise. Das Geräusch hört sich ein bisschen an wie das Piepsen eines hungrigen Vogelbabys. Es fräst sich durch die Dunkelheit und zieht mich aus meinem behaglichen, sorglosen, permafrostartigen Schlaf. Verloren in einer Nebelwelt versucht mein komatöses Gehirn das Geräusch zu orten. Schlafe ich noch? Kommt es von draußen? Das Piepsen wird penetranter. Nein, es ist die Bettdecke, die läutet. Mein Wecker muss in der Nacht irgendwie darunter gerutscht sein und hat jetzt den Alarm aktiviert.

Ich taste mit der Hand unter der Bettdecke und ziehe den Wecker hervor. Mit der Kraft des Hulk öffne ich einen spaltbreit mein linkes Auge. Es ist 11:02 Uhr. Nicht gut – viel zu früh. Ich stöhne und wühle mich tiefer in die Bettwäsche hinein. Zwischen einem Wust aus Flanell und Baumwolle tauchen die ersten Erinnerungen an gestern Abend auf. Mein Kopf findet das nicht gut, er tut irgendwie weh. Ach ja, da war ein Gin Tonic. Nein, mehrere Gin Tonics. Das könnte das Kopfweh erklären. Im Vollsuff habe ich aber wohl noch dran gedacht, mir für heute den Wecker zu stellen.

Ich setze mich langsam auf und checke mein Befinden. Da ist ein leichter Schwindel und ein moderates Druckgefühl in der rechten Schädelhälfte. Auf der Kopfschmerzskala von eins bis zehn eine Vier minus, würde ich sagen. Es hätte schlimmer ausfallen können. Ich atme auf. Also alles Gucci soweit!

Der Wecker setzt wieder zum Läuten an, aber ich mache ihn aus und stelle ihn auf die Seite. Erstmal Aufstehen und strecken. Mein Rücken tut weh. Stimmt, ich bin ja gestern auf der Couch eingepennt. Ich überlege kurz, kann mich aber nicht erinnern, danach ins Bett gegangen zu sein. Egal, who cares…

Durch einen Spalt im Vorhang scheint ein wenig graues Tageslicht. Auf dem Schreibtischsessel liegt meine Jogginghose verkehrt herum. Autsch, Bücken mag mein Kopf gar nicht. Im Schneckentempo stülpe ich die Hosenbeine um und ziehe sie an. Auf dem Boden liegt ein T-Shirt. Eine Schnüffelprobe ergibt, dass es noch einen halben Tag lang verwendbar ist.

Ich wanke durchs Wohnzimmer in die Küche. In einem kleinen Fach neben den Gewürzen hat Svetlana eine Notfallration Paracetamol versteckt. Auf der Packung klebt ein Sticker in Form einer Habanero-Chili, um jeden daran zu erinnern, dass die Tabletten nur für Muskelkater nach dem Workout gedacht sind. Svetlana wird ganz schön salty sein, wenn sie wieder zurückkommt und checkt, dass ich mittlerweile fast die ganze Packung aufgebraucht habe. Mit Leber-Workout. Ich nehme eine Tablette und spüle ein Glas Wasser hinterher.

Mein Magen knurrt. Er möchte das Innere des Kühlschranks inspizieren. Der Raum schwankt ein bisschen, als ich mich der Kühlschranktür nähere und sie aufmache. Oh Mann, fast leer! Hinter Lisas abgelaufener Sojamilch, in die ich besser nicht reinblicke, steht ein halb volles Glas Essiggurken und eine offene Dose mit Thunfischaufstrich. Etwas

Salami und Käse liegen in einer Tupperbox im untersten Regal. Ich öffne die Box und schnuppere vorsichtig daran, denn meine Nase muss in letzter Zeit viel aushalten. Sie ist skeptisch, doch es könnte noch gut sein. Was soll's, no risk, no fun. Ich nehme alles raus und hole noch zwei Scheiben Toastbrot aus der Brotbox dazu. Aufeinandergeschichtet kommt alles auf den Rost im Backrohr.

Fünf Minuten später werden die belegten Brote langsam braun und der Käse legt sich glänzend über die Salamischeiben. Ein Duft nach frisch gebackenem Brot steigt auf. Sollte ich mich mit schlecht gewordener Wurst vergiften, habe ich zumindest einen Grund wieder ins Bett zu kriechen.

Ich nehme die beiden Brote aus dem Ofen – heiß, heiß, heiß – und lege sie auf einen Teller. Im Wohnzimmer lasse ich mich damit auf die Couch fallen, die Zeuge meiner gestrigen Ausschweifungen ist. Da stehen auf dem Couchtisch noch ein leeres Glas, zwei Dosen Tonic Water und eine beunruhigend leere Flasche Gin Mare. Ich beiße in das erste Brot und schmiege meinen Rücken in die Polsterung.

Die Couch ist übersät mit winzig kleinen Chipsresten. Svetlana würde ausflippen. Das ist mir aber gerade sowas von egal, denn ich muss nachher sowieso noch saugen. Mein Blick bleibt an der Gin-Flasche hängen. Ich fühle mich leicht beunruhigt. Mare ... Das Wort erinnert mich an irgendetwas. Ich glaube, gestern habe ich noch daran gedacht. Ich schüttle den Gedanken ab und beiße in das zweite Brot. Schlagartig lasse ich es fallen, als die Synapsen in meinem Gehirn zum Leben erwachen. Mare. Meer. Sofia. OH, SHIT – DAS DATE!!

Panisch springe ich auf und suche die Couch nach meinem Handy ab. Zwei Kissen fliegen durch die Luft und ich sehe mein IPhone in einer Spalte zwischen Sitzkissen und Armlehne liegen. Es ist noch an, doch keine neue Nachricht.

»Ruhig, Junge, das Date ist erst am Abend!«, versuche ich mich zu beruhigen.

Mein Herz klopft, der Kopf jault und der Rest vom Salamibrot liegt mit der Käseseite in den Chipsresten. Einatmen, ausatmen, einatmen, ausatmen.

Ich stopfe mir die Brotreste in den Mund und hoffe jetzt ehrlich, dass die Salami noch genießbar war. Schnell scanne ich das Wohnzimmer. Zum Glück hält sich der Saustall in Grenzen. Nach meinem Referat sollte noch genügend Zeit bleiben, um mal ordentlich Reine zu machen. Dann aber ran jetzt, es ist schon fast Mittag.

Ich überlege mir nochmal joggen zu gehen, um besser in die Gänge zu kommen, lasse den Plan aber fallen, weil ich in meinem Zustand vermutlich gegen eine Straßenlaterne laufen würde. Bis zum Referat ist es noch eine Stunde. Mein Kopf meint, es wäre eine bessere Idee, nochmal meinen Sermon für den Kurs durchzugehen. Der Schweinehund funkt dazwischen – er will wieder zurück auf die Couch. Ich überlege kurz, doch mein Glück will ich ausgerechnet heute lieber nicht auf die Probe stellen.

Bimbim! Tinder geht an. Sofia schreibt:

Viel Glück für deinen Auftritt! Freue mich schon auf heute Abend…

Am Ende der Nachricht steht ein Zwinker-Emoji. Das ist ja mal übelst td! Ich grinse. Der Schweinehund quiekt entzückt und tanzt. Ich überlege, was ich zurückschreiben könnte, aber mir fällt nichts ein, das nicht total cringey wäre. Ich schicke ein Smiley und mache noch mit flatterndem Magen ein Herz dazu. Hoffentlich kommt das gut an. Jetzt aber ran an die Arbeit, make it snappy!

Ich gehe zurück in mein Zimmer und ziehe den Vorhang zur Seite. Arg geblendet mache ich das Fenster auf, um den Mief nach schmutziger Bettwäsche und alten Socken rauszulassen. Draußen hängen graue Regenwolken vom Himmel und es ist kalt.

Mein Schreibtisch ist eine einzige Katastrophe. Neben dem Laptop stehen vier leere Kaffeetassen, darunter meine Lieblingstasse mit dem Spruch Der Müdere kippt nach. Ein Notizblock mit halb rausgerissenen Seiten verdeckt die Maus. Ich räume ein paar Bücher zur Seite und sehe die Kärtchen, die ich heute brauche. Es sind fünf und beinhalten Stichworte zu meiner Präsentation: »Eigenschaften des Urhebers im Bildrechtsschutz.« Da steppt der Bär.

Noch eine dreiviertel Stunde bis zum Kurs. Es wäre wohl clever, heute etwas Schickeres als ein schlammbraunes XXL-T-Shirt anzuziehen. Bei dem Gedanken fällt mir auf, dass ich mich seit Verhängung des Lockdowns stylemäßig ziemlich habe gehen lassen. Ich schreite zum Kleiderschrank und wühle in den weichen Stoffmassen. An einem Kleiderhaken kommt ein rotkariertes, zerknittertes Hemd zum Vorschein. Ne, zu auffällig. Rot schreit »Hier bin ich, stell mir eine Frage!« Heute bitte nicht.

Als nächstes kommt ein blauer Strickpullover mit fingiertem Hemdkragen zum Vorschein. Gott, darin sehe ich aus wie ein Streber. Das Ding muss sowieso in den Müll, entscheide ich, doch dann erinnere ich mich, dass der Pulli ein Geschenk meiner Mom war. Also nochmal zurück in den Schrank. Zur Sicherheit lege ich das rote Hemd darauf, damit mir sein Anblick das nächste Mal erspart bleibt. Dann wäre da noch ein hellbeiger Pullover mit brauner Fassung an den Ärmel. Er sendet das Signal »Ich bin sympathisch, gib mir doch eine Zwei!« Perfekt, den nehme ich.

Jetzt wo ich den Pulli anhabe, setzt eine leichte Nervosität ein und mein Magen stellt meine Salamibrot-Entscheidung in Frage, indem er anfängt zu grummeln. Ich bin unschlüssig, was ich machen soll. Noch zwanzig Minuten bis zum Kurs. Ich gehe noch einmal in die Küche und will mir bei der Nespresso-Maschine einen Kaffee machen. Ich fummle eine Kapsel aus der Schachtel und lege sie in die Maschine ein. Starbucks Caffè Verona – Lisas Lieblingssorte. Während der Sud zischend in die Tasse spritzt, schweifen meine Gedanken zu meinem Date heute Abend.

Vor einem Monat habe ich auf Tinder Sofia kennengelernt. Es hat sofort gefunkt – zumindest bei mir. Wir studieren an derselben Uni, aber verschiedene Fächer, mögen Stand-up-Paddling und Sushi. Beim Anchatten hab ich mir fast in die Hose gemacht, es hat sich aber schnell herausgestellt, dass man echt easy mit ihr quatschen kann. Ganze Abende lang haben wir über Gott und die Welt gechattet. Schließlich hatte ich mir eines Tages dann mit etlichen Gin Tonics genug Mut angetrunken, um sie einzuladen. Und Bam! – sie hat zugesagt. Jetzt steh ich hier und frage mich, ob ich dafür bereit bin.

Optisch kenne ich Sofia nur von ihrem Profil-bild auf Tinder, stelle mir aber vor, dass sie gerne weiche Baumwollshirts trägt und nach Zitrone und Bergamottöl riecht. In meiner Phantasie trägt sie einen Seidenschal, der einen Blick auf ihr Schlüs-selbein freigibt und der Gedanke an eine zufällige Berührung lässt mich wohlig erschauern. Die Nes-presso-Maschine piept und reißt mich aus meiner Träumerei, bevor ich Phantasie-Sofia einen Kuss auf ihre makellosen Schultern hauchen kann.

Ob sie gerne Kaffee trinkt? Ich habe ganz ver-gessen zu fragen. Die Schachtel mit den Kapseln ist verdächtig leicht. Crap, nur noch eine Kapsel da! Ich überlege kurz, bei welchem Nachbarn ich noch eine schnorren könnte, aber mir fällt keiner ein. Keine Ahnung, wer von denen Kapseln verwendet. Wahr-scheinlich würden sie mir beim Anblick meines ver-wahrlosten Zustands ohnehin die Tür vor der Nase zuschlagen. Hilft nichts, im Ernstfall tu ich so, als hätte ich heute schon genug Kaffee getrunken und überlasse die letzte Kapsel Sofia. Der Schweinehund lacht mich bei diesem Gedanken laut aus und fragt dann entsetzt, ob das mein Ernst ist.

Ach ja, fast hätte ich es vergessen. Ich gehe in den Flur und hole aus der kleinen Kommode eine Rolle gelbes Paketklebeband und einen Kugelschreiber. Von dem Band reiße ich ein Stück mit den Zähnen ab und klebe es an die Eingangstür. »Bitte nicht klingeln!« schreibe ich in Großbuchstaben.

Als letztes Jahr dieser Distance-Learning-Kram los-gegangen ist, habe ich mich einmal scheckiggelacht, weil bei Justin während einem Online-Referat der Pizzabote geklingelt hat. So was kann auch nur Idi-oten passieren, habe ich mir damals gedacht. Auf irgendeiner Karma-Skala kam das wohl nicht so gut an, denn vor ein paar Wochen musste ich selbst vortragen und da hat doch währenddessen beinhart die demente Alte aus dem ersten Stock bei mir geläutet. Dummerweise bleibt die Klingel bei kaltem Wetter manchmal stecken. Es ging ääääck die ganze Zeit, während ich versucht habe, eine Statistik über Millenials und ihrem Nutzungsverhalten von Social Media zu erklären. Peinlicherweise musste ich mich dann entschuldigen und das blöde Teil ausmachen, was gar nicht so leicht war. Der Dozent war stocksauer und Justin hat über alle vier Backen in seine dämliche Kamera gegrinst.

Ich schließe die Tür und überlege. Mein Herz klopft. Mann, warum muss man bei Referaten immer so on edge sein? Ich hole die Tasse aus der Küche, gehe in mein Zimmer und mache den Laptop an. Es ist 12:25 Uhr. Jetzt aber schnell. Wo sind meine Kärtchen? Ach, ich hab mich draufgesetzt. Den Zoom-Link hatte ich mir gestern zur Vorsicht in ein Word-Dokument kopiert. Ich klicke ihn an und warte ein paar Sekunden, bis der Download beendet ist. Wusch! Das Zoom-Fenster geht auf.

Professorin Bankhammer ist schon da, hat aber ihre Kamera noch nicht an. In der Galerie kann ich den ein oder anderen Kumpel aus meinen Kursen erkennen. Da ist Heike aus VWL, mit der ich letztes Jahr mal was hatte und das zwischen zwei Papiermülltonnen vor dem Studentenheim ein unschönes Ende gefunden hat. Und Delia ist auch da. Sie ist Heikes Mitbewohnerin und hat mir im Vollrausch mal einen Zungenkuss zugesteckt, als Heike gerade am Klo war. Wenn ich mich zurückerinnere, wie salty Heike damals war, finde ich Distance Learning eigentlich doch keine so schlechte Idee.

12:31 Uhr. Die Professorin macht ihre Kamera an. Sie hat kurze graue Haare und trägt eine riesige Streberbrille. Ich zupfe meinen Pullover zurecht. Meine Hände schwitzen und in meinem Hals sitzt ein dicker Kloß.

»Meine Lieben, schön, dass Sie wieder da sind! Wir schauen uns heute den Block Bildrecht und Urheberrechtsschutz an. Sie hatten dazu verschiedene Aufgaben zu erledigen. Ich hoffe, die Technik lässt uns heute nicht im Stich und Sie haben wie vereinbart Ihr WLAN vortragstauglich verstärkt! Wer heute nicht gehört wird, weil das Internet daheim rumspinnt oder das Mikro streikt, bekommt keine zweite Chance – ich habe Sie gewarnt!«

Verdammt, hab ich natürlich nicht gemacht. Aber es müsste schon hinhauen, versuche ich mich selbst zu beruhigen. Das letzte Mal hat es fast zu gut geklappt und bete, dass jeder Postbote und Nachbar den Aufkleber vor der Tür ernst nimmt.

Mein Herz klopft nun so laut, dass ich nur dumpf höre, wie unser Kollege Max seine Antwort zu Aufgabe eins vorträgt. Ich versuche mich zu konzentrieren und ihm zu folgen. Er zeigt Beispielbilder mit verschiedenen Creative Commons-Lizenzen.

Max trägt wieder sein Gamer-Headset. Anfang des Semesters, als Max sich in einem PR-Kurs zu Wort gemeldet hat, hat er aus Versehen die falsche Taste gedrückt und anstelle des Mikros seine Headset-Beleuchtung aktiviert. Während man Max ohne Ton vortragen sah, hat das Headset in allen Farben geleuchtet und bunte Lichter an die

Wand geworfen. Es hat so gewirkt, als würde Max aus irgendeinem abgefahrenen Alien-Raumschiff senden, war aber zu sehr auf seinen Sermon konzentriert, um etwas zu bemerken. Der Dozent hat sich vor Lachen vor der Kamera gebogen und ihm für die tolle Unterhaltung eine Eins plus gegeben.

»Herr Biassini, Sie sind dran!«

Ich schrecke aus meiner Träumerei hoch und versuche mich zu fassen. Die Bankhammer blickt mit ihren überdimensionale Libellenaugen in die Kamera.

»Sind Sie noch da? Lassen Sie sich mal ansehen!«

Ich aktiviere hastig Mikrofon und Kamera und rücke meine Kärtchen zurecht.

»Aufgabe zwei! Erläutern Sie am Rechtsstreit von 2015 die geltenden rechtlichen Eigenschaften des Urhebers!«, quäkt die Prof.

Ich räuspere mich und versuche langsam zu sprechen. Meine Stimme klingt etwas heiser und brüchig. Wann habe ich eigentlich das letzte Mal laut gesprochen?

»Also ... im Rechtsstreit von 2015 urteilte ein Gericht in den USA, dass nur natürliche Personen Urheber eines Werkes sein können. Ganz konkret ging es in diesem Fall um einen Fotografen, der auf der Insel Sulawesi – das ist in Indonesien – eine Herde Schopfmakaken fotografiert hat. Schopfmakaken sind Affen, für diejenigen, die sich nicht so gut mit Hominiden auskennen.«

Ich atme tief ein und merke, dass mein Redefluss an Fahrt gewinnt und flüssiger wird.

»Während seiner Mittagspause hat der Fotograf die Kamera in der Nähe der Tiere stehen gelassen. Ein besonders neugieriger Affe hat sich gedacht ›Das check ich aus!‹ und hat dann angefangen, an der Kamera rumzumachen. Dabei hat er einige Fotos von seinen Affenfreunden geschossen und am Ende sogar ein Selfie, bei dem er breit in die Kamera grinst. Der Fotograf fand das total td und hat die Fotos im Internet hochgeladen, um ein bisschen rumzuflexen. Aber dann …«

»Was hat er getan?«, unterbricht mich die Bankhammer mit hängendem Unterkiefer.

Das kam unerwartet und ich fange an zu stottern. »Also, angegeben hat er, meine ich. Er fand die Fotos super und wollte damit online Eindruck schinden.«

Die Professorin nickt langsam mit offenem Mund und betrachtet mich, als hätte ich eine tanzende Wurst auf dem Kopf. Um sie schnell abzulenken, fahre ich fort.

»Plötzlich sind die Bilder aber auch auf diversen anderen Webseiten aufgetaucht und wurden tausendfach geliket. Der Fotograf fand das natürlich toll, die Bilder wurden aber auch oftmals ohne Genehmigung einfach so weitergegeben. Da hat sich eine Tierschutzorganisation eingeschalten. Die Leute von der Organisation haben sich gedacht ›So eine Frechheit, das Bild gehört doch dem armen Affen‹ und sind dann gegen den Fotografen vor Gericht gezogen. Sie haben Schadenersatz für den Missbrauch der Verwertungsrechte des Affen verlangt. Das US Copyright Office hat sich den Fall angesehen und ist zum Schluss gekommen, dass der Affe nicht der Urheber der Bilder ist, weil nur natürliche Personen Urheber sein können. Da waren die Tierschützer natürlich not amused.«

Ich hole tief Luft. Über das Headset höre ich im Hintergrund ein leises Mampfen. Sieht so aus, als hätte Max aus Versehen diesmal das Mikro aktiviert und würde eine Packung Chips futtern. Ich bin leicht irritiert.

»Korrekt. Wer war dann der Urheber des Bildes? Der Fotograf?«, fragt die Professorin.

Ich setze zu einer Antwort an. Konzentrier dich!

»Nein, der auch nicht. Der Affe hat zwar das Bild mit dessen Kamera geschossen, aber das Copyright Office hat geurteilt, dass die Eigenschaften der Hard Ware keinen Einfluss auf das Urheberrecht haben. Also gehen in diesem Fall beide leer aus. Der Fotograf darf sich nicht als Urheber ausgeben. Der Affe kriegt keinen Schadenersatz gezahlt und kann seinen Affenhomies deshalb kein Bier ausgeben.«

Ich höre, wie Max sich vor Lachen an seinen Chips verschluckt und zu husten beginnt. Okay, der letzte Satz war vielleicht ein bisschen over the top. Die Professorin geht auf meine saloppe Antwort glücklicherweise nicht ein.

»Das heißt das Selfie ist gemeinfrei. Welcher Creative Commons-Lizenz würde das damit entsprechen?«, fragt sie.

Ich denke fieberhaft nach, aber mir fällt nichts ein. Beim Stichwort »Selfie« kommen mir unpassenderweise Lisas Selfies auf Instagram ins Gedächtnis, die sie regelmäßig postet, seit sie im Amazonas lebt. Lisa mit einem breiten Grinsen und Sonnenbrille im Gesicht, als sie sich zusammen mit einer Schar Kinder vom Stamm der Yanomami fotografiert. Der Hintergrund ist schreiend grün von den vielen Urwaldpflanzen und die Yanomamis tragen nichts als Hula-Röckchen aus bunten Blättern. Und Lisa, wie sie sich mit einer Yanomami-Frau fotografiert, die ihr eine Gürteltiersuppe schenkt. Lisa, wie sie ein gefangenes Gürteltier heimlich freilässt. Lisa, die ihren blutenden Finger in die Kamera hält, weil das Gürteltier sie gebissen hat.

»Ich denke nicht, dass es da eine Entsprechung gibt«, versuche ich mich nach einigem Zögern rauszureden. Heike schaltet sich ein.

»Das wäre dann CC0«, kommentiert sie mit trockener Stimme.

Die Professorin gibt sich mit Heikes Intervention zufrieden.

»Danke, Herr Biassini! Und machen Sie mal halblang mit den aberwitzigen Kommentaren.«

Ich nicke heftig und mit ernstem Gesicht in die Kamera. Dann mache ich sie mit zitternden Händen aus, atme auf und lasse den Rest des Kurses an mir vorbeiziehen. Der Kaffee ist in der Zwischenzeit kalt geworden. Ich verfolge Heike, die ihre Kamera aktiviert hat und einen Vortrag über Bildrecherche im Internet hält, aber meine platt gedrückten Ohren hören nur Blabla. Die Minuten ziehen ins Land. Als schließlich auch Justin und einige andere ihre Aufgaben vorgetragen haben, verabschiedet sich die Professorin und ich verlasse hastig das Meeting – ich bin ziemlich done.

So, nun zum Date, aber erstmal meine Nachrichten checken. Mein Handy liegt schräg rechts hinter dem Laptop. Ich habe es in der Eile wohl dorthin gepfeffert. Das Display zeigt keine neuen Nachrichten an. Instagram, Facebook, WhatsApp – überall herrscht Funkstille. Ein Gefühl der Enttäuschung macht sich in mir breit. Die meisten meiner Freunde wohnen in ihren leerstehenden WGs oder seit der Pandemie wieder in der Wohnung ihrer Eltern. Wahrscheinlich sind sie dort aus Selbstschutz in den Winterschlaf gefallen und können sich deshalb nicht mehr melden. Mit der Face-ID entferne ich das schwarze Display und öffne Tinder. Ich bin unschlüssig, was ich schreiben soll. Etwas Witziges? Oder doch besser etwas Seriöses? Ich entscheide mich für letzteres und schreibe Sofia eine Nachricht:

Geschafft! War eigentlich recht easy! Jetzt tickt die Uhr bis heute Abend! Freu mich schon!

Sind das zu viele Rufzeichen? Die Message ist jetzt jedenfalls draußen. Ich hoffe, Sofia denkt sich nicht, ich wäre einer dieser Internettrolle, die nur Sätze mit zehn Rufzeichen kennen.

Mein Magen knurrt und nimmt mir die Entscheidung für den nächsten Schritt ab. Ich gehe in die Küche und nehme nochmal zwei Stück Toastbrot aus der Box. Im Schrank, wo die Müslisachen liegen, steht ein Glas mit Erdnussbutter. Nachdenklich bestreiche ich die beiden Brote damit und nehme mir von der Spüle einen Schluck Leitungswasser. Am Esstisch steht der Weißwein, den ich für das Date heute Abend gekauft habe. Ich hätte vielleicht auch mal fragen sollen, ob Sofia überhaupt Wein trinkt. Auf dem Label stehen »Vilana« und noch ein paar Wörter in griechischer Schrift. Keine Ahnung, ob der gut ist. Ich nehme ihn vom Tisch und stelle ihn in das Getränkefach der Kühlschranktür.

Es ist kurz vor 15 Uhr. Noch drei Stunden, um die Wohnung aufzuräumen und das Essen zu bestellen. Ich überlege, wie ich strategisch am besten vorgehe. First things first, entscheide ich und mache am

Handy die Lieferando-App auf. Das griechische Restaurant Olympia ist unter den Favoriten gespeichert.

Ich kenne das Lokal nicht, aber das Google-Rating ist ganz okay. Nachdem die Mehrheit der User das Essen als lecker bewertet hat und einer das Lokal zu 1000000 Prozent weiterempfohlen hat, habe ich mich schließlich dafür entschieden. Ich wähle zweimal die Moussaka und einmal den Tsatsiki. Drei Euro Lieferkosten plus Trinkgeld ist ganz schön teuer, aber mir bleibt heute nichts anderes übrig. Ich wähle als Lieferzeit 17:45 Uhr aus. Damit sollte das Essen bis zu Sofias Eintreffen noch etwas warm bleiben.

Ich sehe mich in der Küche um. Sie ist einigermaßen sauber, aber das Wohnzimmer sieht aus, als hätte heute Nacht ein Mammut zuerst in Schlamm gebadet und dann auf dem Boden geschlafen. Ich seufze und der Schweinehund auch. Er ahnt, was jetzt getan werden muss.

Der Staubsauger steht in Svetlanas Zimmer. Ich hole ihn raus und inspiziere den Raum. Tadellos aufgeräumt. Ich könnte schwören, in Svetlanas Abwesenheit wischt sich der Staub hier von alleine weg. An der Wand hängen Poster mit anatomischen Abbildungen diverser Körperteile. Nicht unbedingt mein Geschmack, aber zumindest kein Fremdschäm-Alarm. Ich hole den Staubsauger aus der Ecke und trage ihn ins Wohnzimmer. Ein Rad klemmt und macht es mir schwer, das klobige Teil hinter mir her zu ziehen.

Gerade als ich den Einschalt-Knopf drücken möchte, ertönen durch die Zimmerdecke dumpfe Stimmen, die zunehmend lauter werden. Oh Mann, jetzt geht das wieder los! Das ist jetzt bestimmt schon das zwanzigste Mal, dass die da oben die Fetzen fliegen lassen. Ich lausche, wie die Stimmen immer wütender und lauter werden, kann aber nicht ausmachen, was sie sagen. Plötzlich ist ein Stampfen zu hören und die Stimmen verstummen.

In der Wohnung ist es wieder still und ich schicke ein Stoßgebet zum Himmel, dass der Streit für heute ein Ende hat. Nicht auszudenken, was passieren würde, wenn mir diese Streithähne mit ihrem Geschrei in mein Date funken würden. In meiner Vorstellung schüttelt eine verärgerte Phantasie-Sofia den Kopf und schubst mich vom Sofa, als ich sie küssen möchte. Mit einer hastigen Bewegung schalte ich den Staubsauger ein und beginne meine Putzmission, um mich abzulenken.

Während das Röhren die Wohnung erfüllt, muss ich über Sofia nachdenken und frage mich, ob sie seit dem Lockdown auch alleine lebt. Zugegebenermaßen weiß ich beunruhigend wenig über sie, denn wir haben zwar online viel gelabert, aber nie über wirklich wesentliches. Ich hoffe, sie hält mich nicht für einen abgefuckten, verwahrlosten Binge-Drinker. Schlagartig sehne ich mich nach Svetlana, die mich bestimmt daran erinnert hätte, mich zu rasieren und meine Wäsche zu waschen. Und ich hätte jemanden zum Reden. Es war komisch, beim Referat meine Stimme zu hören, die ich seit einer gefühlten Ewigkeit nicht mehr benutzt habe und die mir seltsam fremd vorgekommen ist. Während der Staubsauger vor sich hin röhrt, versuche ich ein paar Stimmübungen zu machen, komme mir dabei aber reichlich dämlich vor.

Nachdem das Wohnzimmer wieder einigermaßen dreckbefreit ist und die Chipsreste von der Couch verschwunden sind, schleife ich den Staubsauger vorsichtshalber in Lisas Zimmer. Die dunklen Vorhänge sind vorgezogen und an den Schemen in der Dunkelheit kann man das Ausmaß des Chaos erahnen. Ich mache das Licht an. Auf dem Boden liegen Bücher und Aktenordner verstreut herum. Der Schreibtischstuhl ist kaum zu sehen, weil gefühlt eine Tonne Klamotten ihn verdecken. Das Bett ist nicht gemacht. Typisch Lisa – ich kann mir aber ein Grinsen nicht verkneifen.

Ich sauge auch Lisas Zimmer, zumindest die Stellen, die sich erreichen lassen. Ich versuche die Klamotten einigermaßen zu sortieren und falten, lasse es dann aber, als ich plötzlich Lisas Sport-BH in den Händen halte. Ich gehe raus und schließe die Tür zu Lisas Kammer des Schreckens. Sollte Sofia eine Tour durch die Wohnung wollen, werde ich einfach behaupten, Lisas fleischfressende Riesenpflanze aus dem Amazonas liegt dort drin im Winterschlaf und wir dürften sie nicht wecken. Wer Lisa kennt, würde das vermutlich nicht anzweifeln.

So, als nächstes kommt der Müll dran. In der Küche hängt an dem Heizkörperregler ein randvoller gelber Sack mit Einweggeschirr und leeren Chipspackungen. Vielleicht ist es doch ganz gut, dass Svetlana nicht da ist. Ich müsste mir dann wahrscheinlich einen besonders woken Vortrag über Umweltschutz, Ressourcenverschwendung und baldiger Emigration zum Mars anhören. Ich fiesle die schwarzen Zuziehbänder vom Thermostat und trage den Sack nach unten. Da wir im vierten Stock leben, ist das Müllrausbringen die unbeliebteste Aufgabe in unserer WG. Ich gehe die Treppen hinunter und durch den Innenhof zur Ausfahrt des Gebäudes, wo schon einige Säcke am Zaun hängen und auf die Müllabfuhr warten.

Anfang Dezember, als ich schon eine Weile allein in der WG war, habe ich Lisa und Svetlana ein Pic von unserem gelben Sack geschickt, der hauptsächlich mit Folien von Lindt-Kugeln, Lebkuchenverpackungen und Schokonikoläusen gefüllt war. Resultat eines zweiwöchigen Anfalls von enormen Frustessen, weil es mir so auf den Sack ging, in der Adventzeit in Nürnberg – hier mindestens fünf Rufzeichen – allein zu sein. Svetlana schickte mir ein Lach-Emoji zurück und hat auch gleich noch einen zweiten Sack im Hintergrund identifiziert. Darin befanden sich ein Haufen Blisterpackungen. Der musste von den beiden Dinosauriern aus dem ersten Stock sein. Die Alte hat man bis vor Kurzem noch mit ihrem Rollator getroffen. Die, die bei mir geläutet hat. Einmal hatte sie eine Dauerwurst um den Hals und ist damit im Flur spazieren gegangen.

Heute hängt ein anderer Sack am Zaun. Ich tippe auf die Frau aus dem Erdgeschoss mit den beiden Kindern. Der Sack ist komplett türkis und lila. Pampers-Packungen und Milka-Schokolade. Ich mache ein Foto mit meinem Handy und schicke es Svetlana und Lisa. Dürfte ihnen aber nicht schwerfallen, draufzukommen, aus welcher Wohnung der Sack stammt.

Ein weiterer Sack enthält Einweggeschirr vom örtlichen Metzger und ein paar Dosen Bier. Das könnte der Mann mit dem Hund sein. Zu Beginn meines Studiums, als ich eine heftige Leberkässemmel-Phase hatte, bin ich dem Mann mit dem Hund ab und zu in der Metzgerei begegnet. Das Einweggeschirr dort hat einen Aufkleber von einem Schwein, das in ein Stück Speck beißt. Ich hänge meinen Sack dazu, denn mir wird langsam kalt. Früher ist mir sowas nie aufgefallen.

Wieder zurück in der Wohnung kommt als nächstes der Papiermüll dran. Zwischen Esstisch und Kühlschrank türmt sich eine Unmenge leerer Kartons. Zugegebenermaßen habe ich in letzter Zeit beim Bestellen etwas übertrieben. Das macht wohl die Mischung aus zu viel Zeit und äh ... Gin Tonic. Ich bin gespannt, was Svetlana zu unserer neuen Game of Thrones-Edition von »Vier Gewinnt« sagt oder zu dem Hochpräzisionsschneidebrett, mit dem man Gemüse millimetergenau in exakt gleiche Würfelchen schneiden kann. Ich jedenfalls war einen halben Tag lang begeistert. Für Lisa habe ich ein wasserabweisendes Notizbuch bestellt, nachdem ihr eigenes in den Amazonasschlamm gefallen ist und von einem Haufen allesfressender Guppys für den Nestbau zerfetzt wurde.

Ich versuche, die sperrigen Kartons irgendwie zu falten und in den größten reinzustopfen, aber wie ich es auch mache, irgendwas fällt immer raus. Nach fünf Minuten Kampf mit dem Verpackungsmaterial schmeiße ich schließlich die Nerven weg und stelle das Zeug kurzerhand in Lisas Zimmer. Schlimmer kann es dort drin ohnehin nicht mehr aussehen.

Dann ist die Küche an der Reihe. Ich schalte unser Küchenradio ein, damit es in der Wohnung nicht so still ist. Auf Antenne Bayern läuft gerade ein grässliches Remake von »Lemon Tree«. Ich spüle das schmutzige Geschirr und stelle es auf die Ablage neben der Spüle. Ein Seitenblick auf mein Handy verrät, dass Sofia noch nicht zurückgeschrieben hat. Ein nervöses Ziehen geht durch meinen Bauch und ich hoffe wie ein kleines Kind, dass das kein schlechtes Zeichen ist.

Im Radio kommen die 16 Uhr-Nachrichten und bringen mich auf andere Gedanken. Ich frage mich, ob Mehmet von DHL schon da war. Für die Tischdeko heute Abend bin ich nämlich bei einem Online-Händler für Partyzubehör fündig geworden. In der Kaufbestätigung stand, dass das Päckchen spätestens heute ankommen sollte. Zum Liefern ist es aber schon reichlich spät. Etwas beunruhigt entscheide ich mich dafür, noch einmal runterzugehen und im Postfach nachzusehen.

Ich nehme den passenden Schlüssel aus dem Kästchen neben der Eingangstür und laufe die Treppe hinunter. Im Treppenhaus ist es mittlerweile empfindlich kalt, weil jemand in seinem AHA-Wahn alle Fenster gekippt hat. Ich schließe das Postfach auf, auf dem Svetlana bei unserem Einzug Keine Werbung mit Perma-Marker draufgeschrieben hat. Darin liegt tatsächlich ein gelber Lieferschein von DHL. In der Checkbox von Lieferung beim Nachbarn abgegeben steht ein blaues Häkchen. Zum Glück – ich atme auf. Unter dem Häkchen wurde mit Kugelschreiber ein Wort draufgekritzelt. Ich versuche es zu entziffern. Es sieht ein bisschen wie »Scheiß« aus und ich frage mich, was Mehmet da wohl eingefallen ist. Ein Blick auf die Postfächer aber ergibt, dass ein Nachbar »Scherl« heißt. Der wird wohl gemeint sein.

Im Postfach ist noch etwas drinnen. Eine Postkarte von Lisa. Auf der Vorderseite ist ein orange-schwarzer Pfeilgiftfrosch zu sehen. Ich drehe die Karte um und versuche, die fleckige Schrift zu entziffern. Offensichtlich ist die Karte auf dem Transportweg feucht geworden.

Vielen Dank für die Stoffmaske mit dem Bananenprint, der Medizinmann fand die total geil! Bitte schick noch einmal zehn und für mich ein Kilo von dieser leckeren chinesischen Fertigsuppe – ich kann kein Maniok mehr sehen! Küsschen Lisa

Oh Mann, Lisa ist echt eine Nummer! Ich grinse und nehme die Postkarte und den Lieferschein mit nach oben. Beim Raufgehen checke ich die Namensschilder an den Haustüren. Vor der Tür, wo die Frau mit den beiden Kindern wohnt, stehen ein Kinderwagen, ein Laufrad und ein Dutzend durcheinandergewürfelte Schuhe. Meines Wissens hat die aber einen Doppelnamen und heißt nicht Scherl. Auch die Tür mit dem Rollator im ersten Stock lasse ich aus.

Weiter oben im zweiten Stock gibt es eine Tür, die von zwei Zwergpalmen eingerahmt ist und an der ein Herz aus Kunstblumen hängt. Da wohnt die Frau, die sich um die alten Leute kümmert. Die wird es wohl auch nicht sein, denn in meiner Erinnerung hat sie einen osteuropäisch klingenden Nachnamen. Auf der nächsten Etage werde ich schließlich fündig. Auf dem Namensschild unter der Klingel steht in kleinen Buchstaben »Scherl«.

Ich läute und höre, wie im selben Moment etwas Schweres auf den Boden fällt. Plötzlich dringt ein aufgeregtes Bellen durch die Tür. Ah ja, der Typ mit dem Hund. Der Vierbeiner bellt weiter und eine kurze Weile später hört man eine dunkle Männerstimme. Die Tür geht auf und ein kohlrabenschwarzer Labrador zwängt sich durch den Türspalt und läuft hektisch um meine Beine. Er schnüffelt an meiner Hand und deckt sie mit Hundesabber ein.

Der Typ, der in der Tür steht, ist der mit dem vielen Einweggeschirr. Bislang haben wir außer

»Hallo« noch kein einziges Wort miteinander gesprochen.

»Sie haben ein Paket für mich angenommen?«, frage ich und halte zur Beweisführung den gelben Lieferschein vor meine Brust.

Der Mann hält sich den Kopf, murmelt irgendwas und verschwindet wieder im Halbdunkel seiner Wohnung. Der Hund lässt von mir ab und läuft ihm hinterher. Nach ein paar Sekunden taucht der Mann wieder auf und händigt mir ein kleines braunes Paket aus.

»Danke!«, sage ich, doch da schließt sich die Tür bereits wieder.

Seltsamer Vogel, aber der Hund war ja ganz niedlich. Ich klemme mir das Paket unter den Arm und stapfe durch das stille Treppenhaus hinauf in die Wohnung.

Seit die Geschäfte geschlossen sind und alle wie verrückt ihr Zeug online bestellen, habe ich Nachbarn kennengelernt, die ich vorher noch nie gesehen hatte. Und das, obwohl ich schon seit fast drei Jahren in der WG wohne. Die meisten Pakete nimmt die Frau mit den Kindern an, weil sie im Erdgeschoss wohnt und immer zu Hause ist. Wenn ich bei ihr läute, um mein Paket abzuholen, macht in der Regel ein kleiner Junge auf. Ich schätze mal so vier oder fünf Jahre alt. Meistens schmeißt er sich auf den Boden und heult, weil das Päckchen nicht für ihn ist und er es wieder hergeben muss. Seit er mir einmal unter Tränen mein Paket zurückgegeben hat und man ihn im ganzen Haus noch eine Stunde lang heulen hörte, nehme ich immer eine Handvoll Kinder-Bonbons mit. Dumm nur, dass er die jetzt jedes Mal haben will, sobald er mich sieht.

Ist die Frau mit den Kindern mal nicht da, gehen die Päckchen meist an irgendeinen anderen Nachbarn. Einmal hat das Steinzeit-Pärchen eine Lieferung für mich entgegengenommen. Der Opa hat wohl nicht gecheckt, dass das Päckchen jemand anderem gehört und es kurzerhand aufgemacht. Später kam die Frau aus dem zweiten Stock zu mir rauf und hat sich dafür entschuldigt, dass ihr Vater den ganzen Tag lang mit meinen brandneuen, sauteuren Nike-Turnschuhe rumgelatscht ist.

Der Einzige, der nie Pakete entgegennimmt, ist dieser paranoide Typ, der neben dem Mann mit dem Hund wohnt. Der ist total sus, cray und nasty gleichzeitig. Als Lisa zur Einweihung unserer WG vor drei Jahren zu einem Karaoke-Abend eingeladen hat, hat dieser Creep doch gleich nach einem Song die Polizei verständigt. Lisa hat ihm dafür Stinkbohnenpaste aus dem Regenwald unter den Fußabstreifer geschmiert. Keine Karaoke-Partys mehr seither, dafür hat Svetlana die Silent Disco eingeführt, die wir fast jeden Monat einmal veranstaltet haben. Max mit seinem Gamer-Headset war da immer der Knüller. Mann, wie mir das fehlt! Jetzt strecke ich mich abends alleine mit Gin Tonic nieder und höre Antenne Bayern.

Habe ich tagsüber kein Referat Schrägstrich Date und bin bei Bewusstsein, nehme ich die Päckchen auch manchmal selbst an. Am liebsten ist mir Mehmet von DHL. Er wirkt nie gestresst, obwohl er in letzter Zeit seine Lieferungen mit dem Kistentransporter ins Haus bringen muss, weil gefühlt jeder etwas bestellt hat. Und Mehmet redet gerne. Über seine Katze, seine Freundin, seine Ex, die Ex von seinem Bruder und vor allem über seine Mutter. Er spricht mit einem leichten Akzent, nennt mich »Kumpel« und gibt mir den Fist Bump.

Nur kurz vor Weihnachten war er plötzlich gar nicht mehr gut zu haben. Da ist Mehmet jeden Tag in der Eingangstür hinter einer Pyramide von Paketen verschwunden. Irgendwann ist er dann ausgetickt, hat kurzerhand bei allen Parteien gleichzeitig geklingelt und die Pakete in den Flur geworfen.

Auch Daniel von Hermes ist ganz nett. Er hat mir mal statt eines Namens eine Schatzkarte auf den Lieferschein gemalt. Ein Kästchen und einen Pfeil, der auf ein Strichmännchen mit Brüsten und einen Kinderwagen zeigt. Da wusste ich schon was los ist. Von Juri bei GLS hingegen kenne ich nur den Namen und seine riesigen schwarzen Augenbrauen. Alisha bei DPD flirtet gerne und hat mir vor einer Woche, als ich ihr im Flur über den Weg gelaufen bin, mit ihren großen braunen Augen zugezwinkert.

»Ich habe heute leider kein Paket für dich!«, hat sie im Heidi-Klum-Ton gesäuselt und mir dafür ein Küsschen entgegengepustet. Der Schweinehund, der schon lange keinen Körperkontakt mehr hatte, hätte sie am liebsten zu Boden geworfen und abgeknutscht.

Letztens hat Svetlana auf WhatsApp ihre Bedenken geäußert, dass ich die Paketboten mittlerweile bei ihren Vornamen kenne und mir einen Link zu einem Artikel über Hikikomori geschickt. Das sind die Typen, die sich in ihr Zimmer einsperren und keinen Kontakt mehr zur Außenwelt haben. Wahrscheinlich hat sie Angst, bei ihrer Rückkehr in die WG mit einem dieser verlotterten Penner zusammenwohnen zu müssen, die niemals rausgehen, sich nur noch mit Handbewegungen äußern, weil sie das Sprechen verlernt haben und sich ihre Einkäufe liefern lassen. Zumindest das letzte stimmt manchmal. Auch das mit dem Sprechen ist nicht ganz von der Hand zu weisen, wie der heutige Tag gezeigt hat. Und wann war ich eigentlich das letzte Mal draußen? Äh, warte mal … also, ich denke da jetzt besser nicht so genau darüber nach.

Zurück in der Wohnung lege ich Lisas Postkarte und das Päckchen auf das Tischchen neben der Haustür. Ich checke mein Telefon, aber Sofia hat seither nicht mehr geschrieben. Es ist fast 17 Uhr. Ich schnuppere an meinem T-Shirt, dessen Verfallsdatum nun klar überschritten ist. Wird Zeit, dass ich mich salonfertig mache.

Ich gehe ins Badezimmer, das leicht muffig riecht. Vielleicht hat der Schimmel sich gedacht, er versucht es in Svetlanas Abwesenheit nochmal. Vielleicht hätte ich aber auch öfter lüften sollen. Ich ziehe mir das Shirt, die Hose und die Boxershorts aus, die mir meine Schwester zu Weihnachten geschenkt hat und auf der Gummientchen mit bayerischen Federhüten aufgedruckt sind.

In der Dusche drehe ich das Wasser auf und warte, bis es leicht zu dampfen beginnt. Damn, der Wahnsinn! Der Schweinehund rekelt sich und geht in der Wärme auf wie eine Rohrnudel. Ich greife nach dem Shampoo in dem metallenen Abstelldings an der Wand, finde es aber nicht. Stimmt, das hatte ich letzte Woche weggeschmissen. Es hängt jetzt wahrscheinlich im gelben Sack unten am Zaun und wartet darauf, zu einer Zahnbürste recycelt zu werden.

Ich nehme meinen Kopf aus dem wohlig warmen Wasserstrahl und linse nach einer Alternative. Da ist Lisas Shampoo mit Aronia-Limetten-Duft und ein anderes von Svetlana, das nach Honig und Mandelmilch riechen soll. Ich entscheide mich für ersteres. Lisa wird ohnehin eine neues brauchen, wenn sie wiederkommt und diverse Pilze und Flechten rauswaschen will, die bestimmt schon auf ihrer Kopfhaut wachsen. Ich öffne den Deckel und schnuppere daran. Es riecht nicht ganz so feminin wie befürchtet, könnte vielleicht sogar als unisex durchgehen. Trotzdem wasche ich es gründlicher ab als sonst, um da geruchsmäßig nichts anbrennen zu lassen.

Nach zwanzig Minuten Spa-Time muss ich schließlich widerwillig aus der Dusche steigen, sonst läuft mir die Zeit davon. Der Schweinehund protestiert leise, weiß aber, dass er heute keine Chance hat. Vor dem Spiegel werfe ich den Rasierer an und befreie mein Gesicht von den Haarstoppeln. Zähne putzen, Deo drauf, fertig!

Ein Blick auf das Handy verrät mir, dass es nun halb sechs ist. Ich ziehe mir ein frisches T-Shirt, Boxershorts, Socken und den Pulli von heute Morgen an, sowie saubere Jeans – die letzte in meinem Kleiderschrank. In der Küche muss ich jetzt nur noch den Esstisch herrichten.

Ich versuche mir in Erinnerung zu rufen, wie ich die Tischdeko geplant hatte, aber der Gin hat heute Nacht so einiges ausradiert. Aus dem untersten Fach unseres Vorratsschranks nehme ich zwei Tischsets in Rattan-Optik und lege sie auf den Esstisch. Dazu Teller und Besteck. Aus der Toilette hole ich die Schneckenmuschel, die Lisa mal von ihren Reisen mitgenommen hat und die seither auf einem

Wandvorsprung im Klo liegt. Als nächstes hole ich das Päckchen aus dem Flur und öffne den Karton. Zwischen braunem Packpapier liegt eine Duftkerze von Tetesept. Auf dem Label steht »Meeresbrise«. Ich hebe den hölzernen Deckel an. Mmh ... riecht gut!

Auf der Brotdose liegen die Papierservietten, die ich bei Edeka zufällig gefunden habe. Blau und weiß kariert – die bayerischen Staatsfarben. Heute müssen sie aber als griechische Farben herhalten und ich hoffe, dass Sofia bei ihrem Anblick nicht an Weißwurstfrühstück denkt. Apropos, das Essen müsste eigentlich gleich kommen. Ich mache noch einmal einen Kontrollgang durch die Wohnung und versichere mich, dass die Tür zu Lisas Zimmer fest im Schloss sitzt.

Zurück in der Küche bleibe ich stehen. Mein Magen meldet steigende Nervosität und Hunger, der bald bedient werden möchte. Gerade fällt mir auf, dass ich seit den Erdnussbutterbroten heute Mittag nichts mehr gegessen habe. Der Gedanke an Moussaka lässt mir das Wasser in den Mund laufen. Ich hole den Wein aus dem Kühlschrank, das kalte Glas friert meine Hand ein.

Alle Snacks im Kühlschrank sind verputzt. Damn it, der Schweinehund hat sich schon auf ein paar Appetizer gefreut. Ich stelle den Wein auf den Esstisch neben das Radio. Auf Antenne Bayern läuft Roar von Kate Perry. Ich mache es aus und setze mich auf die Bank am Esstisch. Es ist 17:42 Uhr. Draußen wird es langsam dämmrig.

Rrrrring! Vor Schreck fahre ich hoch und stoße mir das Knie an der Tischkante an. WTF, was ist heut nur los mit mir?! Ich laufe hastig zu Haustür und hebe den Hörer zur Fernsprechanlage ab.

»Ja?«

»Essenslieferung!«, sagt eine gelangweilt klingende Männerstimme.

»Ich komme schon!«, rufe ich in den Hörer.

Ich halte den Türöffner gedrückt, damit Murat von Lieferando die Eingangstür öffnen kann. Mit dem Geldbeutel in der Hand laufe ich auf wackeligen Beinen nach unten. In der Eingangshalle steht Murat mit einer schwarzen Thermobox.

»Heute kein Burger King, Kumpel?«

»Nope, heute gibt's was Anständiges!«, sage ich ganz außer Atem. Murat grinst.

»Was für zwei, hä? Wer ist denn die Glückliche?«

Murat hält den Deckel der Box auf. Zwei braune Papiertüten mit weißen Servietten und mehreren Pappschachteln liegen darin. Die Moussaka riecht köstlich, der Schweinehund schmilzt schon bei der ersten Duftfahne wie ein Stück Toastkäse.

»Ich kenn sie nur von Tinder, aber sie kommt jetzt gleich mal vorbei«, antworte ich und versuche, möglichst nicht zu sabbern.

Murat zeigt jetzt alle Zähne in seinem Kiefer.

»Du Schlawiner, dass du mir nix anstellst mit der Kleinen! Sind die Nachbarn eh daheim?«

Murat setzt dazu an, einen Monolog über einsame, nach Berührung ausgehungerte Single-Männer zu geben. Ich fummle an meinem Geldbeutel rum und drücke ihm hastig eine Zwei-Euro-Münze in die Hand.

»Danke, bis bald!«, sage ich mit lauter Stimme, nehme die beiden Papiertüten in die Hände und trage sie so schnell es geht die Treppe rauf.

Murat ist ein lieber Kerl. Solange man auch nett zu ihm ist und sein Trinkgeld nicht vergisst. So etwa wie unser paranoider Asi-Nachbar. Der bestellt auch gerne, gibt Murat aber prinzipiell kein Trinkgeld. Als Murat nach wiederholtem Mal leer ausgegangen ist, hat er ihm statt der letzten Lieferung kurzerhand einen Karton fauler Eier vor die Tür gestellt. Das Essen – ich glaube, es war ein Sauerbraten – hat Murat kurzerhand selbst verputzt und dem Wirtshaus ein Fünf-Sterne-Rating dafür gegeben. Das hat sich in der Nachbarschaft rumgesprochen und seither macht Murat mehr Kohle mit Trinkgeld als mit seinem eigentlichen Job.

Zurück in der Wohnung schließe ich die Tür ab. Es ist 17:50 Uhr. Ich nehme an, dass Sofia pünktlich sein wird, so schätze ich sie zumindest ein. Der Duft von Moussaka macht sich breit. Jetzt, wo das Date so richtig anrollt, fühle ich mich etwas weniger aufgeregt. Ich lege den Geldbeutel zurück auf die Ablage und pinne Lisas Postkarte an unser Whiteboard. Zwischen zwei anderen Postkarten von Lisa und ein paar Geheimnachrichten auf dünnen Papierstreifen finde ich noch ein wenig Platz. Ich überlege kurz, ob ich die Nachrichten wegmachen soll, finde sie aber eigentlich ganz witzig. Sollte Sofia die Sprüche entdecken und mich um eine Erklärung bitten, habe ich schon mal eine coole Story zu erzählen.

Um dem abendlichen Gin eine gute Unterlage zu bieten, bestelle ich von Zeit zu Zeit bei Burger King. Manchmal auch etwas öfter, das hängt von meinem Gin-Konsum ab. Also, äh … eigentlich recht oft in letzter Zeit. Jedenfalls habe ich bei meiner zweiten Bestellung in dem Essen ein dünnes Papierröllchen mit einer Nachricht gefunden. Ein Mitarbeiter muss sie dort versteckt haben. Aus Erfahrung weiß ich nun, dass dieser Unbekannte seine Röllchen am liebsten im Tripple Whopper unterbringt, denn mittlerweile habe ich schon eine ganze Sammlung von diesen kleinen Dingern. Sie kleben am Whiteboard zusammen mit Lisas Postkarten aus dem Urwald.

Keine Freizeit erlaubt, aber ans Fließband schuften gehen? Nicht mit uns! #querdenken

Das Deutsche Volk als Laborratten? Konsequent sein, Impfen verweigern! #impfengegendummheit

Merkel stürzen! Corona-Diktatur beenden! #merkelmussweg

Maskenpflicht = Maulkorb für Menschen = Körperverletzung! #mundtotisthirntot

Ich trage das Essen in die Küche und lege ein Geschirrtuch über die Pappschachteln, in der Hoffnung, dass das Essen damit länger warm bleibt. Es ist jetzt 17:55 Uhr. Ich setze mich wieder auf die Tischbank und warte. Draußen wird es langsam dunkler. Nervös zupfe ich an meinem Pulli.

In einem Versuch, die Zeit totzuschlagen, browse ich auf Ecosia, kann mich aber nicht konzentrieren. Mit der Hand schalte ich das Licht an der Decke ein und muss dabei kurz blinzeln. Ein Blick auf das Display verrät mir, dass es schon sieben Minuten nach sechs ist. Jetzt werde ich doch wieder nervös. Ich gehe in den Flur und öffne die Haustür.

Da steht sie. Mitten im Flur. Sofia. Sie hält den Kopf gesenkt und schaut auf das Smartphone in ihrer Hand. Obwohl ich ihr nicht direkt ins Gesicht sehen kann, erkenne ich sie sofort von ihrem Profilbild wieder. Lange braune Haare, Schultern mit weichen Rundungen. Ein leichter Parfümgeruch steigt mir in die Nase. So riecht es, wenn man sich nach einem elend langen Tag in frisch gewaschene Bettwäsche legt.

»Oh, hey!«, ruft Sofia und sieht erschrocken auf. »Mann, jetzt hab ich einen Schreck gekriegt!«

Ihre Stimme klingt hell und weich. Mein Schweinehund glotzt mit großen Augen und will sich an ihre perfekt geformten Beine schmiegen. Ich bin erstmal perplex.

»Ja, hey … also, wie lang stehst du denn schon da?«, stottere ich und meine Stimme klingt fremder denn je.

Sofia deutet auf die Klingel. Abgeklebt mit der Bitte nicht zu läuten und das noch dazu in Großbuchstaben. Marco, du Holzkopf, hast vergessen, das Schild abzumachen.

»Sorry, ich wusst' jetzt echt nicht, was ich machen soll. Grad wollt ich dir über Tinder Bescheid geben, dass ich vor der Tür steh'. So ein Lieferando-Typ hat mir unten die Tür aufgehalten«, sagt Sofia und steckt das Handy in ihre Handtasche.

»Ja, sorry, das Schild war für die Nachbarn und den Paketboten gedacht. Ich hatte ja heute Referat.«

»Stimmt, das wär ja echt dämlich, wenn jemand während dem Referat klingelt.«

Ich nicke erleichtert und erzähle Sofia die Geschichte von der steckengebliebenen Türglocke. Sie lacht, ihre Augen strahlen.

Sofia zieht ihre hellbraunen Sneakers aus – darunter trägt sie pink-grüne Happy Socks – und stellt sie neben die Tür. Ich fasse mich wieder ein wenig.

»Also, was ich eigentlich sagen wollte: Schön, dass du da bist und kommt doch bitte rein!«

Sofia tritt durch die Tür und lässt sich den schwarzen Mantel von den Schultern gleiten. Mit einer Hand zeige ich auf die Garderobe, weil in meinem Hals ein dicker Kloß sitzt. Wie war das nochmal mit den Hikikomori, die sich nur noch über Gestiken mitteilen, weil sie verlernt haben zu sprechen?

Seit Lisa und Svetlana nicht mehr da sind, sind verdächtig viele Haken in der Garderobe frei. Sofia hängt den Mantel an den Haken links neben meiner Winterjacke. Sie berühren sich leicht. Mein Herz pocht. Ich freue mich riesig und doch geht alles zu schnell für mich.

Sofia sieht sich in der Diele um. Mein Puls will nicht langsamer werden. Mit einem Versuch, die unangenehme Stille zu durchbrechen, setze ich zu einer Erklärung an.

»Sorry nochmal wegen der Einladung. Ich hoffe, das ist jetzt okay für dich. Aber alle sprechen schon von Lockdown-Verlängerung und bevor das ewig so weitergeht, hab ich mir gedacht, ich lad dich einfach mal ein. Ich bin übrigens kein Serienvergewaltiger.«

Sofia lacht. »'Ne WG ist da nicht so das ideale Umfeld dafür, gell?«

Sie wirft ihre seidig glatten Haare über ihre Schulter.

»Zeigst du mir mal die Wohnung?«

Ich führe Sofia durch die WG und zeige Svetlanas Zimmer her. Vor Lisas Tür bleiben wird kurz stehen, gehen aber nicht rein. Der Fleischfressende-Pflanzen-Witz kommt mir nun reichlich cringey vor und ich sage stattdessen, dass Lisa ihre Privatsphäre schätzt, auch wenn sie gerade unter einem Baum im Regenwald übernachten muss.

»Ist das die, die den Amazonas-Stamm erforscht?«, fragt Sofia neugierig. »Ist ja echt swell!«

»Jap«, antworte ich. »Sie wollte eigentlich vor Weihnachten wieder nach Hause, hat aber wegen der Pandemie keinen Flug gekriegt. Aus Drittstaaten kannst du ja mittlerweile nicht mehr einfach mal so einreisen. Jetzt wohnt sie bei den Yanomami, weil ihr zwischendurch die Kohle für das Hostel ausgegangen ist. Das nervt sie brutal, sie leidet immer schrecklich an FOMO.«

»Was genau macht sie bei dem Stamm?«

»Sie will da deren Lebensweisen untersuchen. Riten, Traditionen und so Zeug. Eine Zeit lang war's echt aufregend. Sie hat ganz viel auf Instagram gepostet und uns Sachen aus dem Urwald geschickt. Ich glaub, jetzt reicht's ihr aber langsam. Letztens hat sie gemeint, sie möchte mal wieder ein richtiges Klo benutzen.«

Die Besichtigung ist beendet und ich führe Sofia in die Küche. Auf dem Esstisch sieht Sofia die Deko und den griechischen Weißwein stehen.

»Ach Gott, das ist ja süß! Wie bist du denn darauf gekommen?«

Der Schweinehund hat das Kompliment gehört und sinkt vor Rührung in sich zusammen wie ein Schokoladensoufflee. Ich will etwas Smartes antworten, doch mir fällt nicht ansatzweise etwas ein. Ich druckse ein wenig herum.

»Naja, also … du hast ja geschrieben, dass deine Family aus Griechenland kommt und du das Land vermisst. Ich hab sogar Moussaka und Tsatsiki bestellt. Ich hoffe, dass ist jetzt nicht over the top!«

»Ach was, gar nicht! Das ist echt total lieb von dir!«, sagt Sofia.

Ihre Augen strahlen und ich könnte schwören, in ihnen ein Stück himmelblaues Meer, 25 Grad Celsius im Schatten und fein rieselnden Sand zu sehen. Der Schweinehund zieht schon mal seine Badehose an.

»Moussaka war als Kind mein Lieblingsgericht. Wir haben es mindestens einmal die Woche gegessen. Wo hast du bestellt?«, fragt Sofia und holt mich zurück in die Küche im grauen und regnerischen Alpenvorland.

»Olympia.«

»Mensch, die Leute dort kennen wir sogar! Wir sind aber schon lang nicht mehr hin, weil mein Vater das letzte Mal den Wirt geohrfeigt hat. Schade, die haben nämlich echt megaleckeres Essen!«

Während Sofia die Geschichte mit der Ohrfeige auf meine Nachfrage hin mit Details anfüttert, hole ich das Essen aus den Pappschachteln und lege je zwei gleiche Portionen Moussaka und Tsatsiki auf die Teller. Dann hole ich das Feuerzeug aus einer Schublade und zünde die Meeresbrise-Kerze an. Der Wein ist zum Glück mit einem Schraubverschluss versehen, denn beim Entkorken hätte ich mich wahrscheinlich zum Vollhonk gemacht. Sofia nimmt die Flasche und schenkt uns ein.

Wir setzen uns an den Tisch. Die Moussaka ist echt gut, ich muss mich am Riemen reißen, um nicht alles auf einmal in mich reinzustopfen. Sofia langt ebenfalls ordentlich zu und nimmt einen Schluck vom Wein.

»Wie findest du ihn?«, frage ich vorsichtig.

Ich nippe ebenfalls mal dran. Er schmeckt leicht fruchtig, jedoch weiß ich nicht, ob das gut oder schlecht ist. Sie nickt langsam.

»Schmeckt ganz gut!«

Puh! Ich hoffe, der Weinkauf war jetzt kein Schuss ins Blaue.

»Die Moussaka und der Tsatsiki sind übrigens echt lecker! Jetzt kommt es mir doppelt schade vor, dass wir nicht mehr ins Olympia gehen«, sagt Sofia.

Ich versuche es mit etwas Optimismus.

»Vielleicht solltet ihr in besseren Zeiten mal einen Versöhnungsbesuch unternehmen. Die sind sicher froh, wenn sie wieder Gäste haben dürfen.«

Sofia hat den Kopf Richtung Teller gesenkt, schaut aber verstohlen in meine Richtung.

»Oder wir beide gehen hin«, meint sie.

Uff, ja bitte, jetzt sofort!

»Gerne!«, höre ich mich stattdessen in einem bemüht lässigen Ton sagen.

Ich versuche etwas Small Talk zu betreiben, aber es kommt mir nichts Intelligentes in den Sinn. Sofia scheint es ähnlich zu gehen, denn sie widmet sich mit viel Hingabe ihrem Teller.

»Wie bist du eigentlich auf BWL gekommen? Wolltest du das schon immer machen?«, fragt Sofia plötzlich.

Ich schlucke einen Mundvoll Tsatsiki runter. Meine Stimme ist zum Glück wieder etwas warmgelaufen.

»Na ja, so halb. Eigentlich wollte ich ursprünglich Jura studieren, weil mein Vater Anwalt ist. Irgendwie hab ich's aber nicht gebacken gekriegt und bin ständig durchgefallen. Im dritten Semester war ich dann bei der Einführung ins Steuerrecht. Da waren am ersten Tag sicher um die 200 Leute im Hörsaal. Die Woche drauf waren's dann nur noch drei. Da hab ich gewusst: okay, sowas Totlangweiliges, ich bin raus.«

Ich hole Luft. »Und was ist mit dir? Schon immer Pädagogik vorgehabt?«

Sofia kaut und denkt kurz nach.

»Ja, eigentlich schon. Ich hab mal in der Oberstufe ein Kita-Praktikum gemacht und die Kleinen dort waren sooo putzig. Ich war total verliebt.«

»War das auch mit Windelwechseln und so? Das könnte ich mir gar nicht vorstellen. Mir stellt es schon die Haare auf, wenn ich im Schwimmbad das Babyplanschbecken sehe und mir vorstelle, was da drin alles rumschwimmt.«

Sofia schluckt einen Mundvoll Tsatsiki runter und spült mit etwas Wein nach.

»Die Ausscheidungen von Babys sind eigentlich recht harmlos. Mich ekelt es eher vor diesen Whirl-pools, wo die ganzen inkontinenten Alten drinsit-zen. Aber ja, das Praktikum war mit Windelwech-seln und allem Drum und Dran. Man gewöhnt sich aber schnell daran. Wenn sie im Kindergarten noch Windel tragen, dann wird's problematisch. Ich kann dir nicht empfehlen, die vollgekackte Windel von einem Vierjährigen zu wechseln.«

Ich schmunzle bei dem Gedanken, wie Sofia die Windel von einem Kindergartenkind schält und an-gestrengt versucht, sich keinen Ekel anmerken zu lassen.

»Am niedlichsten sind die ganz Kleinen, wenn sie ihren Mittagsschlaf halten. In der Kita, in der ich war, haben die Kleinen auf Mini-Matratzen im Turnsaal geschlafen. Da lagen die dann aufgereiht wie die sieben Zwerge in ihren Bettchen – sooo td!«

»Heißt das, du willst nach dem Studium wieder in die Kita?«, frage ich und nehme einen tiefen Schluck vom Wein.

Von meinem Magen geht jetzt eine wohlige Wärme aus und steigt über meinen Rücken in mein Hirn.

Sofia hat ihren Teller leer geputzt. Ihre dunkelbraunen Rehaugen sehen direkt in meine.

»Ja, ich glaub schon. Ich hatte auch eine echt schöne Kindheit und es ist so toll, die vielen Kleinen um sich zu haben. Da fühlt man sich fast ein Stück weit in diese Zeit zurückgebeamt.«

Zurückgebeamt. Während Sofia von Kindergeburtstagen und bunten Kreidebildern auf Parkplätzen erzählt, muss ich wieder daran denken, wie lange ich schon keinen Kontakt mehr zu einem Menschen hatte. Also richtigen Kontakt. Nicht die Art, wo mir Daniel von Hermes meine Pakete im Vorbeilaufen zuwirft. Oder mir Murat von Lieferando den Ellbogen-Check gibt, bevor er sein Trinkgeld in die Tasche steckt. Sondern die Art von Kontakt, die zu fünfzig Prozent aus Lachen besteht und nach Gummibärchen und billigem Weißwein schmeckt. Sofia ist da und die Küche fühlt sich ungewohnt warm und lebendig an.

Die Minuten ziehen ins Land und die Teller sind mittlerweile leer. Ich erzähle Sofia von der Nürnberger Therme, wo ich als Kind mit Freunden oft im Rutschen-Park war. Wie ich mich bei meinem ersten Mal in der Kamikaze-Rutsche fast übergeben musste und als Kind bei der Flucht vor dem Bademeister auf den rutschigen Fliesenboden geknallt bin. Sofia erzählt vom Süßigkeitenkiosk in ihrem alten Freibad. Von Center Shock-Kaugummis und Bum Bum-Eis. Schnell werden wir uns einig, dass man das nur gekauft hat, weil die knallrote Hülle so lecker schmeckte und der Kaugummi im Stiel zwei Sekunden lang echt gut war. Anschließend schwärmt Sofia vom Muschelsammeln am Sandstrand in Griechenland. In Gedanken bade ich mit ihr in der griechischen Sonne und bewundere das azurblaue Meer von Kos.

»Darf ich dich was fragen?«, sagt sie dann plötzlich.

»Äh, klar doch!«

»Also, das klingt jetzt wahrscheinlich total lame, aber du kennst doch sicher diese Fragen, die sie einem oft beim Bewerbungsgespräch stellen. ›Welcher Farbstift wären Sie?‹ und so ein Mist.«

Ich nicke zögerlich und Sofia fährt fort.

»Ich hab sowas auch, aber für erste Dates. Eine Freundin hat mir das gegeben. Ich will dich aber nicht abchecken, ich finde die Fragen einfach nur witzig. Hast du Lust?«

Mein Hirn ist warm und schwummrig und hat damit seltsamerweise überhaupt kein Problem. Ich würde jetzt auch Origami-Blumen basteln, zu meinem Asi-Nachbarn gehen und ihm einen Blumenstrauß schenken, wenn sie das für eine gute Idee hielte.

»Dope, machen wir!«

Sofia holt einen Zettel aus ihrer Handtasche und faltet ihn auf. Sie holt tief Luft.

»Hier kommt die erste Frage: Welche Superkraft hättest du gerne?«

Ich überlege.

»Hmm, schwierig! Irgendwas Nützliches macht wahrscheinlich Sinn. Irgendwas, womit man für Prüfungen nicht mehr lernen muss. Gedanken lesen können, zum Beispiel. Dann kannst du während dem Examen auf das Hirn vom Prof zugreifen und da alles raussaugen.«

Mit den Händen mache ich eine Geste als würde ich etwas Schweres durch die Luft ziehen.

Sofia nickt.

»Das ist sicher praktisch. Fragt sich nur, ob du wirklich immer wissen willst, was die anderen denken. Was, wenn der Prof grad an seinen letzten One-Night-Stand denkt?«

Stimmt, daran habe ich gar nicht gedacht.

»Dann lieber diese Superkraft aus ›Inception‹. Der Film mit Leonardo DiCaprio, wo sie versuchen, das Gehirn anderer Leute zu manipulieren. Kennst du den?«

Sofia lacht.

»Ja, klar! Aber stirbt da nicht jemand in dem Film?«

Ich versuche mich zu erinnern, weiß aber nicht mehr, wer es war. Stattdessen frage ich: »Was hättest du denn gerne?«

»Ich fände ein fotografisches Gedächtnis toll.«

»Das ist aber keine Superkraft. Sowas gibt's wirklich!«

»Ja, aber ich fänd's high key genial, sich immer alles merken zu können. Dann brauchst du auch nicht mehr für deine Examen zu lernen.«

Touché. Ich grinse.

»Na gut, der erste Punkt geht an dich!«

Sofia lächelt und linst auf ihre Liste.

»Nächste Frage: Was für ein Tier wärst du?«

Ich überlege wieder.

»Hmm…vielleicht eine Seegurke?«

Sofia lacht.

»Was wärst du denn?«, frage ich.

Sie überlegt nicht lange.

»Ein Kolibri. Die sind klein, schnell, aber auch

echt hübsch und niedlich. Die Personifikation von Girl Power eben.«

Sofia blickt nochmal auf ihren Zettel.

»Kommen wir zu Frage Drei: Beschreibe deinen Tanzstil!«

»Meinen was?«

»Tanzstil. Ich glaube, du sollst beschreiben, wie du tanzt.«

»Wie eine kranke Qualle.«

Sofias Gesicht wird finster.

»Ach komm, keep it hundred!«

Ich fühle mich ertappt und nuschle: »Sorry, aber solche Fragen kann ich nicht ernst nehmen ... Das mit den Superkräften war lustiger.«

Sofia sieht ihren Zettel durch.

»Okay, dann vielleicht etwas Seriöseres. Wie wär's damit: Was würdest du mit einer Million Euro machen?«

Oh ja, die ist gut. Die Antwort auf diese Frage kenne ich.

»Ich würde mir einen 3D-Beamer kaufen und eine Leinwand, um daheim Filme anzugucken. Ein Heimkino aus dem Wohnzimmer machen, sozusagen. Dann würde ich eine echt geile Party geben, schon allein um unseren Nachbarn zu ärgern, und den Rest würde ich vermutlich ansparen. Was würdest du damit machen?«

Sofia zögert etwas.

»Da gibt's so viele Möglichkeiten, das ist echt schwer. Klingt jetzt vielleicht nicht wahnsinnig einfallsreich, aber ich glaube, ich würde verreisen.«

»Na, solang du nicht zu den Yanomami reist!«

Jetzt müssen wir beide lachen. Der Wein blubbert in meinem Hirn. Ich merke, dass ich einen Schwips habe. So viele Gin Tonics und dann knockt mich ein Glas Wein aus, damn it!

Sofia fährt fort mit ihrer Liste.

»Okay, da wären dann noch ein paar ganz kurze Fragen. Nummer Eins: Was ist dir lieber – Schokolade oder Gummibärchen?«

»Gummibärchen. Du?«

»Schokolade, aber mit Gummibärchen kann ich auch gut leben!«

Ihre Augen zwinkern verschmitzt.

»Zweite Frage: Hund oder Katze?«

»Oh oh, ich kann mit beiden nicht so wirklich. Ich bin allergisch gegen Katzenhaare und Hunde finde ich mehrheitlich sus. Vor allem diese ganz kleinen, die aussehen wie Ratten. Oder diese Möpse, die ständig schnaufen, weil sie deformierte Nasen haben und nicht richtig atmen können. Weißt du, welche ich meine?«

Sofia nickt.

»Ja, die sind echt ein bisschen speziell. Aber große Hunde finde ich toll, Golden Retriever und so. Ich könnte mir vorstellen, mir so einen mal zuzulegen.«

Ich lehne mich ein wenig zurück.

»Hab ich nichts dagegen. Noch eine Frage?«

Sofia nickt.

»Wein oder Bier?«

»Bier, definitiv. Und du?«

»Ehrlich gesagt, auch Bier. Ich bin keine große Weintrinkerin …«

Na, das ist ja mal der Hammer. Der Schweinehund ist gerade aus seinen Badelatschen gekippt.

»Dope! Eine Bierfrau – sehr sympathisch!«

Sofia grinst.

»Tja, das hätt'ste dir nicht gedacht!«

»Dann hab ich dich mit meinem Wein heute nicht vergrault?«

Sofia schüttelt den Kopf und grinst weiter.

»Neee, der ist schon in Ordnung. Ich kenn' mich eben echt nicht aus und hab da keine Ambitionen. Freunde von mir könnten dir wahrscheinlich alles erklären. Geruch, Abgang, Farbe … das volle Programm! Ich kenne nur ›schmeckt‹ und ›schmeckt nicht‹. Der da war auf jeden Fall ersteres!«

Ich nehme die halbvolle Flasche in die Hand.

»Dann stellen wir den mal weg und holen uns was Richtiges zu trinken!«

Sofia ist einverstanden.

»Genau, hol uns mal ein Bierchen!«

Aus dem Kühlschrank kommt mir kalte Luft entgegen als ich die Tür öffne, um die Weinflasche in das Getränkefach zu stellen.

In mir macht sich ein gutes Gefühl breit, das ausnahmsweise mal nichts mit Gin Tonic zu tun hat. Ich blicke zu Sofia zurück, die sich noch eine Portion Tsatsiki nimmt und genussvoll an der Meeresbrise-Kerze riecht. Irgendwas sagt mir, dass dieser Abend high key geil wird.

Tür Nr. 41

Yasemin

Warm, weich, wunderbar. So fühlt sich Ausschlafen an einem freien Mittwochmorgen an. Wie im Urlaub, nur dass man sich da die Wochentage besser merken kann. Im Urlaub führt man innerlich eine Strichliste, die immer länger wird, bis plötzlich der Tag da ist, an dem man wieder zurück ins Büro muss. Nein, es fühlt sich eher an wie Ausschlafen in den Schulferien. Man wacht morgens auf und muss sich um nichts anderes Gedanken machen, als darum, wie viele Lakritzstangen man essen wird und ob das Trampolin im Garten einen Doppelsalto aushält. Vielleicht ist aber auch gar nicht Mittwoch, sondern Montag. Oder Donnerstag. Mir egal, denn es macht schon lange keinen Unterschied mehr. Meinetwegen braucht es auch keine Wochentage mehr. Alle Tage heißen jetzt nur noch Yasemin-muss-nicht-in-die-Arbeit-Tag. Punkt.

Ich kuschle mich nochmal tief in die Bettwäsche hinein und öffne dann träge ein Auge. Ein Dreijähriger mit schwarzen Löckchen und einem fiesen Grinsen blickt mir ins Gesicht. Mein Sohn Sami, der mir wie jeden Morgen von der Fotowand gegenüber meiner Schlafcouch entgegenlacht. Über ihm hängt ein Bild von Sami an seinem ersten Schultag mit Zahnlücke und Schultüte. Daneben ein Foto mit einem achtjährigen Sami, wie er auf den Schultern von seinem Papa Emre sitzt. Dann noch Sami als Zehnjähriger, Sami als Dreizehnjähriger. OH GOTT, SAMI!!

Mit einem Ruck fahre ich hoch und werfe dabei mindestens drei Zierkissen von der Schlafcouch. Ich glaube, es ist Dienstag. Meine Zähne beginnen zu klappern, das kann auch die kuschlige Bettwäsche nicht verhindern. Dienstage sind ganz schlecht, denn da lernt mein mittlerweile siebzehnjähriger Sami, was der Lehrer in seinem W-Seminar »progressives Sozialverhalten« nennt: Wie ärgert man alleinerziehende Mütter mit Ideen von Veganismus, Nachhaltigkeit und gesellschaftlicher Toleranz? Solche Tuesdays-for-Future mag ich gar nicht. Bestimmt lernt Sami heute, wie viel Strom unsere Waschmaschine verbraucht und fordert dann empört, dass wir unsere Kleidung fortan nur noch mit der Hand waschen. Ich schnuppere an meiner Bettwäsche und bin beruhigt, denn sie riecht noch einigermaßen frisch.

Vielleicht aber habe ich Glück und das Internet von Samis Lehrer verreckt wieder mal, so dass das W-Seminar ausfällt. Verlassen sollte ich mich darauf wohl nicht. Ich befreie mich von der Bettdecke und strecke meine Arme. Heute Nacht habe ich etwas Verrücktes geträumt. Irgendwas mit einem Hurrikan, der die Nürnberger Straßen entlangfegt und mein Wohnzimmer zu Kleinholz verarbeitet. Inmitten des Chaos habe ich noch versucht, Samis Lateinheft zu finden, was aber misslungen ist, weil ich kein Latein kann. Das Heft hat mich ausgelacht und sich dann noch tiefer in den Trümmern meiner Wohnung versteckt.

Während ich über verdeckte Traumbotschaften sinniere, klappe ich die Couch zusammen und verstaue die Bettwäsche im Schrank nebenan. Das ist gar nicht so einfach, denn der Boden ist übersät mit halbvollen Farbdosen, Tütchen mit bunten Perlen, Wollresten und zusammengeknülltem, fleckigem Zeitungspapier. Sami und ich leben in einer Zwei-Zimmer-Wohnung und weil das Pubertier unbedingt einen Rückzugsort braucht, schlafe ich nachts auf der Wohnzimmercouch. Ich öffne das Fenster, das auf den Innenhof hinausgeht und auf dem eine riesige Lotusblüte aus Window Colour prangt. Ein prachtvolles Ergebnis einer Bastelsession vor einer Woche, um dem Lagerkoller zu entgehen.

Das Wetter draußen ist feucht und kalt. Februar eben. Vielleicht sollte ich heute einmal spazieren gehen, aber bei dem Gedanken, mich in diese depressive Kälte hinauszubegeben, schaudere ich. Dann lieber morgen. Ich richte die bunten Zierkissen auf der Couch und wechsle meinen Pyjama gegen frische Unterwäsche und eine Jogginghose. Zum Schluss streife ich ein T-Shirt mit violettem Batik-Muster über. Ein mittelschönes Ergebnis einer Bastelsession vor zwei Wochen, um dem Lagerkoller zu entgehen.

Ich gehe in die Küche, denn ich habe Lust auf schwarzen Tee mit Milch. In der Spüle steht eine schmutzige Müslischüssel, an der noch ein paar Haferflocken und Kokosstreusel hängen. Sami war also schon auf und hat gefrühstückt. Wahrscheinlich sitzt er jetzt an seinem Rechner und brühtet über kryptische Sprüche auf Latein oder berechnet die Wahrscheinlichkeit von Unwettern in Mittelfranken. Ich lausche, aber im Zimmer nebenan ist nichts zu hören.

Während ich den Wasserkocher fülle und einen Beutel Earl Grey aus der Teebox hole, überlege ich das Wagnis einzugehen, ein Omelett mit Speck zuzubereiten. Mir fällt ein, dass im Kühlschrank drei Eier und ein Viertelpfund English Bacon sehnlichst auf mich warten. Ich zögere. Bei dem Gedanken an knusprigen Speck und halbflüssiges Eigelb rinnt mir das Wasser im Mund zusammen. Doch dann biegt in meiner Vorstellung ein wütender, veganer Teenager um die Ecke, der mir einen Vortrag über Umweltbewusstsein und das baldige Ende des Planeten macht. Ich atme tief ein und entscheide mich dann gegen ein dekadentes Frühstück, das mir wahrscheinlich nur Scherereien machen würde. Besser ist es, die Bestie nicht zu reizen und etwas ganz Harmloses, Pflanzliches zu essen.

Ich versuche nicht an den Speck zu denken, während ich eine Müslischüssel aus dem Schrank hole und sie mit Haferflocken, Nüssen und etwas Zimt fülle. Dazu gebe ich einen Schuss von Samis Mandelmilch und setze mich dann zu meinem dampfenden Tee an den kleinen Esstisch. Stille erfüllt die Küche.

»Alexa, wie spät ist es?«, frage ich und versuche mit einem Mund voll Haferflocken möglichst deutlich zu sprechen.

»Es ist neun Uhr siebenundzwanzig«, antwortet eine muntere Alexa dienstbeflissen.

Ich kaue und überlege, was man um neun Uhr siebenundzwanzig alles anstellen könnte. Mein Blick fällt auf die Küchentheke. An einem Bindfaden zwischen dem Dunstabzug und dem Gewürzregal hängen die Kerzen, die ich gestern selbst gezogen habe. Noch eine Bastelsession, um dem Lagerkoller zu entgehen. Sie sind etwas unförmig und sehen eher aus wie Prothesen für Zwerge. Heute könnte ich sie fertig machen, muss vorher allerdings noch etwas sicherstellen.

»Alexa, welcher Tag ist heute?«

»Es ist Dienstag.«

Shit. Aber ich hätte mich ja auch irren können.

»Alexa, die Hoffnung stirbt zuletzt!«

Ich nehme einen Schluck von meinem Tee und stelle die inzwischen leergewordene Müslischüssel in die Spülmaschine. Danach mache ich mich auf den Weg Richtung Badezimmer. Im Flur begegnet mir eine Spur schmutziger Unterwäsche, die jemand achtlos fallen hat lassen. Blaue Boxershorts aus Polyester, Socken in Größe 42 und ein Fortnite-Unterhemd. Ich sammle alles auf. Grundgütiger, die Socken riechen, als wäre darin etwas gestorben.

Mit ausgestreckten Armen setze ich meinen Weg fort und komme dabei an einer Tür vorbei, an der ein Poster mit der Aufschrift »Fridays for Future« klebt. Das Papier verdeckt einen Einsatz aus Milchglas, das einige Sprünge aufweist. Hinter der Tür sitzt Sami, aber kein Laut ist zu hören.

Ich gehe weiter ins Badezimmer und werfe Samis schmutzige Kleidung in den Wäschekorb. Auf der Armatur des Waschbeckens stehen in einem Becher eine braune Zahnbürste aus Bambus und eine violette aus Plastik. Ich nehme die violette Bürste und putze mir mit etwas Zahnpasta Haferflockenreste aus den Zähnen. Eigentlich habe ich nicht wirklich Lust, heute Kerzen zu ziehen, aber etwas Besseres fällt mir auch nicht ein. Ist ja nicht so, als hätte ich viel zu tun.

Seit Beginn der Pandemie bin ich in Kurzarbeit. Ultrakurzarbeit. Das Reisebüro meiner Chefin ist geschlossen und einmal im Monat muss ich mich vor den Computer setzen und Stornierungen bearbeiten. Das ist ganz schön frustrierend, denn Stornos sind langweilig und niemand sagt freiwillig zu seinem All-Inclusive-Urlaub auf Palma de Mallorca Tschüss-bis-zum-nächsten-Mal. Meine Emails an die Kundschaft bestehen zu einem Großteil aus den Worten »wir bedauern« und weinenden Emojis.

Muss ich nicht arbeiten, habe ich frei. Nach einem Vierteljahrhundert Plackerei als Angestellte habe ich endlich mal richtig frei. Frei? Frei!! Und weil Sami kein Baby mehr ist und nicht mehr betreut werden muss, habe ich meine freien — jawohl freien — Tage für mich selbst. Ich sage es gerne nochmal: frei. Hurra!

Ich spucke mit viel Elan in das Waschbecken und stelle die Zahnbürste zurück in den Becher. Also, heute Kerzenziehen. Natürlich könnte ich auch ein Dutzend andere Sachen machen. Brote aus Sauerteig backen zum Beispiel. Ein Fünf-Gänge-Menü kochen. Oder Teppiche knüpfen. Dummerweise habe ich all das schon gemacht und vor meiner Schlafcouch so-wie in Samis Zimmer und im Flur liegt nun jeweils ein selbstgeknüpfter Teppich in schrillen Farben und mit schiefem Muster. Nun wäre ich schon froh, wenn mir eine neue Sache einfallen würde, aber nach fast 365 Yasemin-muss-nicht-in-die-Arbeit-Tagen gehen mir allmählich die Ideen aus.

Ich mache mich auf den Weg zurück in die Küche, wo mein Schmelztopf und meine Wachsflöckchen auf mich warten. Vor Samis Zimmer bleiben mei-ne Füße automatisch stehen. Ich zögere kurz, hebe dann aber eine Hand und klopfe sachte an die Tür. Es kommt keine Antwort, daher öffne ich die Tür nur einen Spaltbreit, für den Fall, dass Sami gerade Online-Unterricht hat und ich ihn dabei störe. Ein Schwall miefiger Luft kommt mir entgegen.

»Guten Morgen!«, sage ich leise.

Im Zimmer ist es dunkel und stickig. Sami sitzt an seinem Schreibtisch beim Fenster, an dem die Vorhänge zugezogen sind. Der Schein einer kleinen Leselampe taucht Sami in gelbes Licht und wirft einen monsterartigen Schatten an die Wand.

»Morgen!«, brummelt Sami kaum hörbar.

»Was machst du?«

»Lernen.«

Ich warte auf ein paar Details. Vergeblich.

»Was lernst du denn?«

Das ist zugegebenermaßen eine fantasielose Frage, aber etwas Anderes fällt mir auf die Schnelle nicht ein.

Sami murmelt etwas, dass ich nicht verstehe. Ich beschließe, den schlafenden Drachen nicht zu wecken und ziehe mich wieder zurück. Die Tür zum Zimmer fällt sachte zu.

Gleichzeitig mit meinem Reisebüro hat auch Samis Schule geschlossen, so dass wir beide nun den ganzen lieben langen Tag zu Hause rumhängen. Sami aber hat im Gegensatz zu mir sehr wohl viel zu tun, weil der Unterricht in der Schule durch Home Schooling ersetzt worden ist. Beim Home Schooling halten die Lehrer ihren Unterricht online ab und ballern ihre Schüler mit Übungsblättern und selbstgedrehten Videos zu, die sie zu Hause dann selbstständig durchackern müssen. Die Schule bleibt geschlossen und öffnet voraussichtlich erst zur nächsten Eiszeit wieder. Zum Glück ist Sami kein schlechter Schüler, weil er keine Probleme hat sich selbst zu organisieren. Daher muss ich mich nicht viel kümmern und kann noch mehr missratene Teppiche knüpfen. Von meiner Freundin Leyla weiß ich, dass es auch anders laufen könnte.

Leyla hat zwei Töchter, die auf die Realschule gehen und die in Kombination mit dem Distanzunterricht jeden Tag für neues Drama sorgen. Vergessene Hausaufgaben, verpasste Kurse, verschlampte Unterrichtsnotizen. Nach zwei Monaten heillosen Chaos hat Leyla das Zepter schließlich an sich gerissen, eine TikTok-Sperre eingerichtet und organisiert nun das Home Schooling für ihre Mädchen. Das macht sie so nebenbei, wenn sie nicht gerade Vollzeit als Kassiererin im Drogeriemarkt arbeitet. Oder den Haushalt macht. Oder Essen kocht. Oder schläft. Oder atmet.

Wenn ich an Leyla denken, bin ich heilfroh, dass Sami bereits alt genug ist, um seinen Lernkram allein auf die Reihe zu kriegen. Im Gegenzug vergebe ich ihm dafür, dass er sich im letzten Jahr in einen linksradikalen Ökofanatiker verwandelt hat. Obwohl … ich muss an das heutige W-Seminar und Tuesdays-for-Future denken und sollte mein Glück mal lieber nicht herausfordern. Zoff gibt es bei uns auch genug.

Ich nehme einen Schluck von meinem lauwarmen Tee und schalte den Schmelztopf ein. Während ich eine Handvoll Dochte bereitlege, zerrinnen die Wachflöckchen im Topf und erfüllen den Raum mit einem leichten Duft, der an Bienen und an den Gottesdienst in der Moschee erinnert. Außer dem Surren des Schmelztopfs ist es still.

»Alexa, spiel Jazz!«, rufe ich und drei Sekunden später erfüllt das flotte Gedudel eines Saxophons die Küche.

Ich nehme einen Docht in die Hand und tauche ihn kurz in das heiße Wachs. Danach ziehe ich ihn wieder heraus, lasse das überschüssige Wachs abtropfen und hänge ihn zum Trocknen an den Bindfaden, an dem bereits die fertigen Kerzen von gestern baumeln. Der Anfang ist nicht schwierig, aber bei den äußeren Wachsschichten muss man verdammt aufpassen, dass man nichts verwackelt. Dann ist der nächste Docht an der Reihe.

Während er im Wachs schwimmt, frage ich mich, ob ich Sami eine von meinen Kerzen schenken sollte. Ich könnte sie verzieren und seinen Namen darauf schreiben. Wenn ich ihm versichere, dass es sich um hundert Prozent Kunstwachs handelt und keine Biene unter unmenschlichen Arbeitsbedingungen dafür schuften musste, nimmt er sie vielleicht sogar an. Nett wäre es schon. Und ein bisschen schuldet er mir das sogar. Überhaupt sollte Sami mal etwas Dankbarkeit zeigen, dass ich seine neuen Marotten so ganz ohne Einwände mitmache. Hätte ich meiner Mutter mit siebzehn gesagt, sie dürfe ab sofort keine ledernen Schnürsenkel mehr verwenden, wäre ich schnurstracks verheiratet worden.

Jetzt verstehe ich auch langsam, warum man bestimmte Bücher früher kurzerhand zensiert hat. Weil sie junge Leute auf die abstruse Idee bringen, langjährige und völlig legitime Konzepte in Frage zu stellen. Milch von glücklichen Bergkühen zum Beispiel. Oder superpraktische Tetra Paks. Seit Sami in seinem W-Seminar »Der Dschungel« gelesen hat, ist ihm alles, was auch nur einen Hauch von Tier oder Plastik beinhaltet, ein rotes Tuch. Und damit Sami mir keine Vorträge mehr hält, in denen ich mit meinem achtlosen Verbrauch von Eiern und Eng- lish Bacon den Planeten vernichte, ernähren wir uns jetzt vegan. Offiziell zumindest. Unter der Pols- terung meine Schlafcouch liegt eine XXL-Schachtel Merci-Schokolade versteckt. Davon darf Sami aber nichts erfahren, sonst bin ich geliefert und dann rettet mich auch keine selbstgezogene Kerze mehr.

Eigentlich müsste ich ja stolz auf Sami sein. Leyla hat mir letztens erst vorgeschwärmt, wie toll sie seinen Idealismus findet und dann augenrollend betont, dass sich bei ihnen zu Hause alles nur um Make-up und Klamotten dreht. Wenn Leyla wüsste, dass mit Samis Klimapolitik ein zweiter Teenager namens Greta Thunberg bei uns eingezogen ist, wür- de sie das bestimmt nicht mehr so sehen. Greta ist sehr speziell und hat eine große Abneigung gegen Schulunterricht am Freitag und Flugzeugreisen nach Malibu. Als Mitarbeiterin in einem Reisebüro und Mutter eines schulpflichtigen Kindes muss mir das doppelt suspekt vorkommen. Außerdem erinnert sie mich mit ihren beiden Zöpfen an Pipi Langstrumpf, nur dass Pipi immer lustig ist und auf Bildern keine saure Miene macht. Höchst suspekt.

Ein einzelner Tropfen Wachs fällt auf die Herd- platte, während ich den fertigen Docht am Bind- faden aufhänge. Ich lasse sie los und die Kerzen baumeln wild durcheinander. Alexa hat ein neues Lied gefunden und spielt nun eine sanfte Klavier- melodie. Sogar Alexa war mit Samis neuem Engage- ment überfordert. Auf meine Frage, wie man einen Teenager vegan ernährt, wusste sie keine Antwort. Stattdessen hat sie mir empfohlen, ein Kochbuch über Amazon zu bestellen. Unglücklicherweise gibt es keine Kochbücher für Mütter mit rebellischen Kindern, daher durchforste ich seither Food-Blogs und recherchiere in Google nach exotischen Zutaten wie Mangopulver und bolivischen Schrumpfnüssen.

Billig ist der Spaß auch nicht. So gesehen nervt das schon mit diesem Veganismus. Insbesondere wenn ich daran denke, dass vegane Ernährung vor einem Jahr noch lediglich was für Hipster, Hindus und Leute mit Magen-Darm-Beschwerden war. Aber ich lasse mich darauf ein, weil ich Sami eine gute Mutter sein möchte. Immerhin kann er seinen Vater Emre seit fast einem halben Jahr nicht mehr sehen und somit bin ich der einzige Elternteil, den er momentan hat. Auch Emre war übrigens entsetzt, als er mit Sami zu seinem Stammlokal ging und Sami plötzlich einen veganen Döner bestellt hat.

Linsenbratlinge! Ein grandioses Beispiel dafür, mit welchem Einsatz ich mich um Sami bemühe. Das Rezept habe ich im Internet gefunden und an Silvester nachgekocht. Leider stand da nicht, dass man mindestens zwanzig Stück davon braucht und dazu drei Köpfe Kohlsalat, um einen Siebzehnjährigen einigermaßen satt zu kriegen. Ich fand es jedoch ebenfalls sehr lecker und mit dem Wissen, beim Mittagessen quasi gefastet zu haben, haben meine Merci-Täfelchen abends gleich noch viel besser geschmeckt.

Überhaupt finde ich gar nicht, dass vegane Ernährung so gesund sein soll, Bratlinge hin oder her. Will man es richtig machen und was für die Umwelt tun, muss man ja auch nachhaltig kaufen. So hat Sami mir das erklärt. Daher hat er kurzerhand den Einsatz von Einwegplastik bei uns zu Hause verboten, weswegen ich nur noch Wasser in Glasflaschen kaufen darf. Jetzt hat nicht nur mein Magen, sondern auch noch mein Rücken was gegen klimaschonende Ernährung. Außerdem darf ich keine FFP2-Masken mehr kaufen, weil wir unsere alten ins Backrohr legen und dort bei 80°C sämtliche Viren zu Tode braten. Alles andere wäre nämlich Ressourcenverschwendung. Sami over and out.

Die Tür geht auf und Sami kommt herein. OH GOTT, SAMI!!

Vor Schreck lasse ich meinen Docht in den Schmelztopf fallen. Während ich hektisch eine Gabel aus der Besteckschublade hole und nach dem Docht angle, geht Sami achtlos an mir vorbei zum Kühlschrank. Er öffnet die Tür und steckt den Kopf zwischen die Kühlregale. Mit spitzen Fingern ziehe ich einen verklumpten Kerzendocht aus dem Topf. Sami inspiziert reglos unsere Vorräte und sagt kein Wort. Ich beschließe, dass es Zeit für einen neuen Konversationsversuch ist.

»Na, wie läuft das Home Schooling?«

»Geht so«, tönt Samis gedämpfte Stimme aus dem Kühlschrank.

»Kommst du gut mit deiner Seminararbeit voran?«

»Ja. Läuft.«

Hmm ... da ist ja jemand besonders gesprächig. Ich entscheide aber, nicht locker zu lassen und wage noch einen Versuch.

»Soll ich mal drüberlesen? Du weißt ja, ich hab gerade gaaanz viel Zeit ...«

»Chillaxen, Mom. Das braucht's nicht.«

Autsch. So fühlt es sich an, den Schulschwarm in der 10-Uhr-Pause um ein Date zu bitten und einen Korb zu kassieren. Kühle Stille macht sich breit.

Sami holt seinen Kopf wieder aus dem Kühlschrank und hält einen Joghurt auf Kokosbasis in der Hand. Dann holt er sich einen Löffel, zieht den Aludeckel ab und beginnt in atemberaubender Geschwindigkeit den Joghurt zu essen. Die Kälte im Raum ist entsetzlich, da hilft nur noch ganz viel Wachs und Wärme.

»Wie findest du meine Kerzen?«

»Sehen bescheuert aus.«

»Äh, wie bitte?«

Sami löffelt in Ruhe weiter.

»Wer fragt, muss auch mit der Antwort leben.«

Ärger steigt in mir hoch. Meine Kerzen sind toll und verdienen Respekt, verdammt nochmal! Ich setze zu einer Gardinenpredigt an, aber da stellt Sami den leeren Joghurtbecher bereits wieder in die Spüle und zieht von dannen. Der Rahmen zittert leicht, als er die Tür etwas fester als nötig zuzieht.

Alexa hat sich von unserer Konversation nicht stören lassen. Sie spielt jetzt ein munteres Lied mit einem Banjo, zu dem ein Mann in einer fremden Sprache singt. Verwundert stelle ich fest, dass meine Hand ganz klebrig ist. Ich habe den Docht während des Gesprächs so fest gepackt, dass das Wachs kurzerhand geschmolzen ist.

Seit Sami wieder zu Hause ist und Home Schooling hat, geraten wir immer öfter aneinander. Schuld daran ist der Lagerkoller, der sich seit den Weihnachtsferien breitgemacht hat. Sami darf seine Freunde nicht sehen, was ihn natürlich gewaltig nervt. Und auch sein Papa, den er sonst alle zwei Wochen sieht, fehlt ihm. Dass ich auch noch den ganzen lieben langen Tag zu Hause bin und wir in einer winzig kleinen Zwei-Zimmer-Wohnung leben, macht es natürlich auch nicht besser. Daher konnte man in den letzten Wochen zugucken, wie die Luft zwischen uns immer dicker geworden ist, bis man sie fast mit einem Buttermesser hätte schneiden können.

Zu Beginn des Lockdowns waren es die wichtigen Themen, bei denen wir uns auch vorher schon gestritten habe. Hast du endlich deine Hausaufgaben gemacht? war präpandemisch meine Standardfrage, bei der Sami standardmäßig ausgerastet ist und mich einen Kontrollfreak genannt hat. Mittlerweile reicht schon ein falscher Blick, um die Bombe zum Explodieren zu bringen. Ich erinnere mich gut an einen Tag kurz nach Silvester, wo ich gerade mit einer meiner Bastelsessions fertig geworden bin. Da kam Sami ins Wohnzimmer und hat auffällig in meine Richtung gezwinkert. Das war kaum auszuhalten.

»Was guckst du mein neues Batik-Shirt so komisch an?«, habe ich gefaucht und bin so rot angelaufen wie die Farbe auf meinem frisch bearbeiteten T-Shirt.

Ich weiß nicht, warum in diesem Moment der Vulkan in mir übergelaufen ist. Vielleicht hat Sami auch nur gezwinkert, weil er was im Auge hatte. Sami hat irgendetwas zurückgefaucht, an das ich mich heute beim besten Willen nicht mehr erinnern kann und schon waren wir in ein Schreiduell verwickelt, das nur deshalb beendet wurde, weil ein Nachbar mit einem Besenstiel von unten an die Decke geklopft hat. Jedenfalls ist die Stimmung von da an immer schlechter geworden und bis zum Abend wurden mehr Türen zugeschlagen als ein Frosch Haare hat.

Damit mir solche Ausrutscher nicht mehr passieren, mache ich seither Achtsamkeitstraining. Das soll gut für einen sein und ruhig und gelassen stimmen. Und ein bisschen innere Ruhe kann ich jetzt ganz gut gebrauchen. Ich schalte den Schmelztopf aus und hänge den letzten Docht an den Bindfaden.

»Alexa, mach die Musik aus!«, rufe ich in den Raum und plötzlich ist es still.

Ich gehe ins Wohnzimmer und schaffe dort inmitten des Wustes aus verschiedenen Bastelutensilien einen freien Fleck, auf dem ich mich im Schneidersitz niederlasse.

»Alexa, spiel die Krafttier-Meditation ab!«

Eine sanfte Frauenstimme ertönt und begrüßt mich mit freundlichen Worten. Ach, Alexa, was wäre ich nur ohne dich! Während die Stimme eine Anleitung zu einer Atemübung spricht, versuche ich, Samis gemeine Worte von mir abzuschütteln und mich ganz auf mein Inneres zu konzentrieren. Nach ein paar Minuten rutsche ich ein bisschen hin und her, denn meine Pobacken tun vom Sitzen auf dem nackten Boden weh und mit wunden Pobacken lässt sich innen nichts entspannen. Mist, hätte ich doch zuerst ein Kissen untergelegt! Ich versuche den Schmerz zu ignorieren und presse die Luft fest durch meine Nase. Einatmen, ausatmen.

Als nächstes muss ich mit dem Krafttier in mir Kontakt aufnehmen. Das habe ich schon ein paar Mal versucht, aber leider verrät einem die Frauenstimme nicht, wie es sich anfühlt, Kontakt mit seinem Krafttier zu haben. Leyla hat gemeint, ihr Krafttier wäre ein Polarfuchs und sie unterhält sich mit ihm jeden Tag. Der Fuchs erzählt ihr Geschichten und macht ihr nette Komplimente. Ich fände es ja schon schön, eine grobe Vorstellung davon zu haben, ob das Tier in mir nun ein Säugetier oder ein Insekt ist.

Bei Sami hingegen bin ich mir sicher. Sein Krafttier ist ein feuerspeiender Drache. Stolz, aber gefährlich und kaum zu zähmen. Kaltblütig und sehr egomanisch. Sami würde mir bestimmt nicht zustimmen, schon allein deshalb, weil er Krafttiere für esoterischen Schwachsinn hält. Erst neulich hat er mir wieder einen neunmalklugen Vortrag über … OH GOTT, SAMI!!

Vor Schreck fahre ich aus meiner Starre hoch und öffne meine Augen, woraufhin ich wieder den dreijährigen Foto-Sami und sein freches Grinsen sehen. Ich darf nicht an ihn denken!! Ich versuche schnell meinen Kopf zu leeren und noch ein paar Mal tief ein- und auszuatmen. Den Rest der Übung verbringe ich mit zusammengekniffenen Augen und voller Konzentration auf mein Inneres, um Sami und meine Pobacken auszublenden.

Als die nette Frauenstimme die Übung für beendet erklärt, schlage ich meine Augen auf und erwache inmitten meines Bastelchaos. Jetzt erst merke ich, dass ich mit meiner rechten Pobacke auf einer Tube Deckweiß sitze. Ich massiere mir das Hinterteil und werfe das Deckweiß auf einen Haufen Farbeimerchen. Besonders ruhig fühle ich mich nicht. Dafür habe ich jetzt ein schlechtes Gewissen, weil ich ständig an Sami denke und ihm Vorwürfe mache, obwohl er für unsere Lage ja gar nichts kann.

Von Leyla und anderen Freundinnen weiß ich, dass unsere Situation zu Hause noch ganz okay ist. Zumindest haben wir keinen Schulstress und mit den neuen Hobbies des jeweils anderen kommen wir einigermaßen klar. Trotzdem habe ich manchmal das Gefühl, ich sollte mich beim Home Schooling mehr einbringen. So, wie es die anderen Mütter auch machen. Sonst könnte Sami den Eindruck bekommen, seine Probleme interessierten mich gar nicht. Vielleicht ist auch das ein Grund, warum er in letzter Zeit so schlecht drauf ist. Wenn ich so recht darüber nachdenken, habe ich eigentlich keinen blassen Schimmer, was Sami den ganzen Tag so macht.

Ich betrachte den dreijährigen Sami mit seinem sorglosen Grinsen und wünsche mir, mein Sohn wäre wieder klein. Dann würden wir den ganzen Tag mit Basteln, Fernschauen und Eis Essen verbringen. Andererseits stelle ich es mir auch recht anstrengend vor, sich non-stop um ein Kleinkind kümmern zu müssen, ohne auf den Spielplatz gehen oder Freunde treffen zu können. Lena im Erdgeschoss hat sogar zwei davon und die läuft immer rum wie der letzte Mensch. Eigentlich könnte ich Lena mal eine von meinen selbstgezogenen Kerzen bringen. Vielleicht hat sie ja Lust, mit dem kleinen Noah mal eine Bastelsession einzulegen. Aber egal, zurück zu Sami!

Ich beschließe, etwas mehr Mütterlichkeit an den Tag zu legen und Sami beim Lernen zu helfen. Als ich vor seinem Zimmer stehe und sanft die Tür öffne, sitzt Sami wie immer an seinem Schreibtisch. Ich betrete vorsichtig den Raum und gebe mir Mühe, im Halbdunkel nicht über einen Berg von Schmutzwäsche und Büchern zu stolpern.

»Darf ich mal gucken, was du so machst?«, frage ich und hoffe, Sami nimmt jetzt nicht wieder das Wort »Kontrollfreak« in den Mund.

Anscheinend ist Sami heute gut gelaunt, denn er verdreht nur die Augen und starrt dann wieder auf die Tischplatte. Vor ihm liegt ein Übungsblatt mit

Mathe-Aufgaben. Ich lehne mich ein wenig über Samis Schulter und versuche, die komplizierten Anleitungen zu verstehen. In der Mitte des Blattes befindet sich eine Form mit vielen Ecken und Winkelangaben mit griechischen Buchstaben. Ich grabe in meinem Gedächtnis und sehe vor mir Herrn Eradi − unseren Mathelehrer aus der Realschule − wie er an der Tafel steht und geometrische Figuren und Körper erklärt.

»Ich sehe, in Aufgabe Vier musst du die Winkel eines Deltoid berechnen«, sage ich und bin ganz außer mir, weil ich in der Zeichnung die Abkürzungen für Sinus und Cosinus wiedererkenne.

»Deltoid.«

Sami hat etwas gesagt, aber ich registriere es nur am Rande, weil ich damit beschäftigt bin, den Namen der dritten Winkelfunktion zu finden, die mir aber um's Verrecken nicht mehr einfallen will.

»Äh … was hast du gesagt?«

»Deltoid«, sagt Sami als würde er mit einem Kleinkind sprechen. »Das heißt ›Deltoid‹.«

»Oh«, kommt es aus meinem Mund.

Peinliche Stille erfüllt den kleinen Raum. Ich schlucke und versuche meinen Fehler schnell zu überspielen.

»Hast du die Winkel von dem Deltoid schon fertig berechnet?«

Ich gebe mir Mühe, das Wort »Deltoid« klar und deutlich auszusprechen.

»Nein. Weil das nämlich kein Deltoid ist, sondern ein Trapez … Mutter!«

Sami betont das letzte Wort mit viel Pathos. Das tut er immer, wenn er mich korrigiert oder mich über etwas belehrt, was ich eigentlich wissen sollte.

Ich würde gerne etwas Schlaues sagen, aber seit der Achtsamkeitsübung ist mein Gehirn wie blankgefegt.

»Ja, also … ist doch klar!«, stammle ich und könnte mich selbst ohrfeigen.

Und Sami mit dazu, denn »Mutter« drückt bei mir alle Knöpfe und das weiß er auch.

»Ich wollte nur überprüfen, ob dir der Fehler auch auffällt!«

Um meine Scham zu überdecken, spitze ich die Lippen in gespielter Empörung. Jetzt muss schnell eine Ablenkung her. Da sehe ich auf dem Fensterbrett einen Ausdruck liegen und schnappe ihn mir kurzerhand. Ein schneller Blick auf die Kopfzeile verrät, dass es sich dabei um einen Aufsatz für den Englischunterricht handelt, der nächste Woche fällig ist.

»Das werde ich jetzt mal korrigieren!«, sage ich laut und imitiere dabei Herrn Eradis strenge Stimme, denn die fand ich immer besonders ehrfurchterregend. Und bevor Sami etwas sagen kann, schneie ich aus dem Zimmer.

Mein Herz klopft und mein Kopf fühlt sich heiß an. Und fort ist sie, die Achtsamkeit. Meine Hände krallen sich um den Englischaufsatz und ich muss aufpassen, dass ich ihn nicht zerknittere. Ich stehe in der Küche, wo es wieder totenstill ist. Hier steh ich nun wie bestellt und nicht abgeholt und weiß nicht so recht, was ich tun soll. Den Aufsatz kann ich jetzt nicht lesen, dafür hat mich das Gespräch mit Sami zu sehr aufgeregt. Wahrscheinlich würde ich jetzt kein Wort verstehen. Ich lege das Papier zur Seite und blicke mich ratlos um.

Beiläufig fällt mir auf, dass die Uhr über dem Esstisch exakt Zwölf anzeigt. Etwas essen wäre doch eine gute Idee. Essen beruhigt und macht gute Laune. Ich gehe zum Kühlschrank und hole mir die Reste vom gestrigen Gemüsecurry. Seit Sami … NEIN, kein Sami jetzt!!

Tief einatmen. Neuer Versuch.

Seit ein paar Wochen koche ich alle paar Tage ein veganes Gericht in rauen Mengen, damit ich nicht jeden Tag am Herd stehen und nach neuen Rezepten googeln muss. Und das Gemüsecurry ist wirklich lecker geworden. Ich stelle es in die Mikrowelle und beobachte, wie ein köstlicher Duft nach Kreuzkümmel und süßer Paprika langsam den Raum erfüllt.

Nach dem Piepton hole ich den Teller aus der Mikrowelle und steche mit einer Gabel in den dampfenden Reis. Oh ja, köstlich!

»Alexa, spiel Musik zum Entspannen!«, rufe ich, während ich ein Glas mit Leitungswasser fülle und mich dann an den Esstisch setze.

Die gute Alexa hört sofort und spielt sanfte Musik auf einem E-Piano.

Sami hat Alexa installiert, nachdem er kurz vor der Pandemie bei der Familie eines Freundes zu Besuch war und es dort zum ersten Mal gesehen hat. Anfangs war ich ja skeptisch. Als Mutter muss man immer skeptisch sein, wenn jemand eine Anweisung ohne Wiederholen, Ermahnen, Toben, Drohen oder Erpressen sofort und ohne Widerworte ausführt. Als ich Alexa das erste Mal angewiesen habe, Musik zu machen, hat mich das zunächst mal ganz misstrauisch gemacht, weil irgendwoher plötzlich Jazz zu hören war. An sowas muss man sich erstmal gewöhnen. Ausgerechnet ich, die eine angeborene

Abneigung gegen jede Form von technischer Innovation besitzt, habe durch den Einsatz von Alexa wieder Vertrauen in die Sinnhaftigkeit von Kommunikation gewonnen. Und mittlerweile nutze ich Alexa öfter als Sami.

»Alexa, wie viel Grad hat das Meer bei Antalya?«, rufe ich, nur um mich zu überzeugen, dass Alexa noch die alte ist.

»Die aktuelle Wassertemperatur in Antalya beträgt 23°C«, ertönt Alexas sanfte Stimme und stimmt mich zufrieden. Zumindest gibt es eine Person hier, mit der man sich normal unterhalten kann.

Während ich einen Brokkoli aufspieße und verspeise, stelle ich mir vor, wie ich am Strand von Antalya liege und einen Cocktail schlürfe. Die Wellen spielen um meine Füße und kleine Krebse laufen den Sandstreifen entlang. Am Himmel fliegen ein paar Möwen. Wenn die Pandemie einmal vorbei ist, könnte ich Emre fragen, ob er mit mir wieder mal nach Antalya fliegen möchte. Über mein Reisebüro kriegen wir tolle Rabatte auf die Flugtickets und das Hotel. Wir könnten am Strand spazieren gehen und uns abends ein anti-veganes Fünf-Gänge-Menü gönnen.

Mein Curry ist fast aufgegessen, als die Tür zur Küche plötzlich aufgeht und Sami hereinspaziert. Offenbar hat er das Essen gerochen. Wortlos tritt er an die Küchentheke, wo noch die Tupperbox mit einem Rest Curry steht. Er stellt sie in die Mikrowelle und sieht zu, wie sich die Schüssel bei gelbem Licht und lautem Gesumme im Kreis dreht.

Eigentlich möchte ich jetzt keinen Small Talk betreiben, sondern lieber an meinem Fantasiestrand in Antalya liegen, aber diese Stille ist unerträglich. Ich wage es nochmal.

»Wie geht es eigentlich deiner kleinen Freundin?«, frage ich vorsichtig.

Sami hat eine Freundin. Sie geht in die Parallelklasse und heißt Greta. Ja wirklich, Greta.

»Sie ist nicht meine kleine Freundin«, erwidert Sami genervt und rollt mit den Augen.

Er macht keine Anstalten, etwas über Gretas gesundheitlichem Zustand zu verraten.

»Und wie geht es deinem Freund ... wie heißt er nochmal? Der schwarze, äh ... dunkelhäutige. Kemali?«

»Kemani. Und man sagt jetzt nicht mehr die Hautfarbe. Das heißt jetzt People of Colour.«

Da ist er schon wieder. Sami, der Oberlehrer. Ich fühle mich ertappt, wie nach meinem Irrtum mit der Matheübung und beginne jetzt ernstlich zu schmollen.

»Lernt man das auch in der Schule? Wie man seine Eltern ständig korrigiert?«, frage ich und habe Mühe, den Ärger aus meiner Stimme zu halten.

»Dafür kann ich nichts, Mama. Du weißt echt gar nix«, antwortet Sami in einem auffällig lässigen Ton und holt sein dampfendes Curry aus der Mikrowelle.

Schmerz lass nach. Enttäuschung und Wut machen sich in mir breit und mit viel Mühe halte ich beides im Zaum. Streiten bringt jetzt nichts, sage ich mir. Sami ist ein Teenager und da sagt man solche Sachen. Bestimmt habe ich mit siebzehn auch so schwachsinniges Zeug von mir gegeben. Ich atme noch einmal tief ein und sehe zu wie Sami im Stehen sein Curry runterschlingt.

Es vergehen ein paar Minuten, in denen nur Samis Kau- und Schmatzgeräusche den Raum erfüllen und ich mit meinem Ärger ringe. Dann nimmt Sami die

Schüssel und wäscht sie mit der Hand im Spülbecken aus.

»Tu sie doch in die Spülmaschine!«, sage ich, weil ich spülen hasse und es deshalb nicht mit ansehen kann, wie andere Leute ihr Geschirr saubermachen. Besser ist es, das Geschirr geht schmutzig in die Spülmaschine und kommt dann wie von Zauberhand gereinigt wieder raus.

»Nein, das verbraucht zu viel Wasser!«, sagt Sami und schrubbt mit dem Schwamm einen Soßenrest vom Rand der Schüssel.

Das ist zu viel für mich.

»Mein kleiner Ökotyrann«, murmle ich und schaue dabei tief in meinen schmutzigen Teller.

»Was hast du gerade gesagt??«

Ruckartig fährt Sami herum. Spülwasser spritzt durch die Küche.

Sami funkelt mich mit erboster Miene an und das Stimmungsbarometer zeigt plötzlich auf thermonuklear. Das hätte ich besser nicht sagen sollen, konnte mich aber beim besten Willen nicht mehr im Zaum halten. Aber weil ich die Erwachsene hier bin, gebe ich mir Mühe, die Situation noch zu retten.

»Nichts! Gar nichts hab ich gesagt ...«, erwidere ich und versuche meine Stimme ruhig und gelassen klingen zu lassen.

Ich versuche, an Sami vorbeizuschauen und stattdessen auf die Tapete mit dem hässlichen Rautenmuster hinter ihm zu blicken. In einem Praktikum in einer Hundeschule habe ich mal gelernt, dass man einem Raubtier in Gefahrensituationen lieber nicht in die Augen schaut. Das provoziert es nur.

Sami schnaubt durch die Nase, stellt die saubere Schüssel auf das Abtropfgitter und zieht dann von dannen. Die Tür klirrt, als er sie heftig ins Schloss wirft.

Das Wasser färbt sich rot, als der Hai dem Mann in der Rettungsweste das Bein abbeißt und der Mann gurgelnd in die Tiefe sinkt. Ein paar Luftblasen steigen auf, dann schwenkt die Kamera zurück auf das Schiff, wo es nun keine Überlebenden mehr gibt. Geisterhafte Stille liegt über dem Meer. Man sieht wie das Schiff im Nebel verschwindet, dann erscheint der Abspann.

Ich sitze auf der Couch und esse Kartoffelchips. Nach einem ganzen Haifilm ist die Verpackung nun leer und meine Finger sind fettig und voller Salz. Ich lecke sie ab und greife dann nach der Fernbedienung, um den Fernseher auszumachen. Nach dem Schlagabtausch mit Sami habe ich mich ins Wohnzimmer zurückgezogen und auf Netflix nach möglichst seichten Filmen gesucht, um ein bisschen Stress abzubauen. Haifilme sind in solchen Situationen immer zu empfehlen – Menschen schwimmen im Meer, Hai frisst sie auf, fertig.

Neben mir auf der Couch liegt Samis Englischaufsatz, den ich bislang erfolgreich ignoriert habe. Dummerweise werde ich ihn heute noch lesen müssen, denn ich kann ihn nicht einfach so zurückgeben, ohne eine gute Ausrede parat zu haben. »Ich habe keine Zeit« gehört leider nicht mehr dazu. Eigentlich habe ich gerade überhaupt keine Lust auf akademische Beschäftigung, schon gar nicht in einer Fremdsprache. Dann muss ich an den Spruch denken, den ich seit Samis erstem Schultag wahrscheinlich fünf Zillionen Mal von mir gegeben habe: »Je schneller du anfängst, umso schneller ist es vorbei!« Shit.

Ich wische meine rechte Hand an meinem T-Shirt trocken und greife dann zögerlich nach der ersten Seite. Als Überschrift steht da »The #MeToo movement and its impact on society.« Uff, schwere Kost! Worüber sich Oberstufenschüler heutzutage alles Gedanken machen müssen! Zu meinen Zeiten hat es noch gereicht, irgendeinen Fantasy-Schinken zu lesen und dann einen Aufsatz darüber zu schreiben, ob er einem gefallen hat oder nicht. Diese Ära ist wohl vorbei.

Ich überwinde mich und beginne, den ersten Absatz zu lesen. Sami schreibt flüssig und in langen Sätzen. Sein Englisch ist erstaunlich gut. Er erklärt mit einer Handvoll Worten die Geschichte der #MeToo-Bewegung und kommt dann auf ihre soziale Bedeutung zu sprechen. Je mehr ich lese, umso mehr reißt mich der Text mit. Ich komme mir vor, als würde ich einen Artikel der New York Times oder des Herald Tribune lesen. Zeitungen, die bei uns im Reisebüro zur Auslage verteilt wurden, die ich aber nie wirklich selbst in die Hand genommen habe. Mein Englisch hat sich immer auf Konversation mit unserem britischen und amerikanischen Kundenkreis beschränkt. Auf »How do you do?« und »How is the weather in Saint Petersburg?«

Im unteren Drittel der Seite stolpere ich zum ersten Mal über ein Wort – Mansplaining. Ich runzle die Stirn und durchforste meine grauen Zellen, aber da ist nichts zu finden. Dann kommt mir eine Idee.

»Alexa, was bedeutet Mansplaining?«, rufe ich in den Raum und warte gespannt.

Alexa klärt mich in kurzen Sätzen und mit ruhiger Stimme darüber auf, dass es sich dabei um eine Fusion aus den Worten »man« und »explain« handelt, weil Männer Frauen gerne die Welt erklären und dabei mit ihrem Wissen prahlen, ohne überhaupt eine Ahnung von irgendwas zu haben. Das nennt man dann Mansplaining. Ich bin baff und fühle mich, als hätte plötzlich jemand Licht in einem dunklen Kämmerchen meines Ichs gemacht.

Emre hat immer Mansplaining betrieben. Ich kann mich noch gut daran erinnern, dass er einmal versucht hat, mir den weiblichen Hormonzyklus zu erklären und warum Frauen zu einem bestimmten Zeitpunkt im Monat besonders unerträglich seien. Damals hab ich ihm mit offenem Mund zugehört und gestaunt wie Emre – der Taxifahrer – so umfassende Kenntnisse der weiblichen Anatomie hat. Wenn ich genau darüber nachdenke, hat Emre mir ständig irgendwas erklärt. Fünfzehn Jahre nach unserer Trennung wünsche ich mir, ich hätte schon vorher von Mansplaining gewusst. Dann wäre mir der ein oder andere Beziehungsmist sicherlich erspart geblieben.

Ich fühle mich erleuchtet und lese mit großer Spannung weiter in Samis Aufsatz. Alexa hilft mir beim Übersetzen und klärt mich in weiterer Folge über Heteronormativität, Misogynie, toxische Männlichkeit und Trumpismus auf. Auf Seite Drei beginnt mein Kopf spürbar zu rauchen, doch zum Glück fehlen nur noch zwei kurze Absätze bis zum Ende. Als ich schließlich fertig bin, fällt mir auf, dass ich gar nichts korrigiert habe, weil ich vom Inhalt des Aufsatzes so überfordert war. Ich lege mich bäuchlings auf die Couch und angle in dem Bastelchaos am Boden nach einem Bleistift.

So, Yasemin! Konzentration, bitte! Noch einmal lese ich den Aufsatz durch, erkenne aber beim besten Willen keine Fehler. Entweder ist Samis Englisch astrein oder ich bin eine ziemliche Niete geworden.

Sollte letzteres der Fall sein, darf das Sami natürlich nicht wissen. Auf Seite Zwei finde ich glücklicherweise eine Formulierung, die mir seltsam erscheint. Zögerlich mache ich mit dem Bleistift einen Kreis darum.

Jetzt bin ich fertig und fühle mich einerseits sehr gebildet, andererseits von Ehrfurcht erfüllt, weil sich die Kinder in der Schule zu so schwierigen Themen Gedanken machen müssen. Wahrscheinlich hätte ich mich schon viel eher in Samis Home Schooling einmischen sollen. Wofür hat man schließlich eine Mutter? Ich lege den Aufsatz neben mich und überlege, wann und wo ich Sami am besten mit meinen Gedanken zu seinem Werk konfrontieren soll. Geostrategisch gesehen ist das Wohnzimmer der beste Ort dafür, weil wir dort am wenigsten miteinander streiten. Am besten wird es sein, ich warte einfach, bis Sami von selbst auftaucht.

Inzwischen mache ich mich über das Chaos im Wohnzimmer her und versuche, etwas Ordnung zu schaffen. Eine halbe Stunde lang bin ich damit beschäftigt, Farbeimerchen zu sortieren und winzige Glasperlen aus den Teppichfransen zu pulen. Dann ist plötzlich das Knarren einer Tür zu hören. Aha, Sami der Engländer ist unterwegs! Eine Minute später ertönen die Toilettenspülung und danach laute Schritte, die sich den Flur entlangbewegen.

Sami ist jetzt auf dem Rückweg in sein Zimmer. Um ihn abzupassen, flitze ich aus dem Wohnzimmer Richtung Flur und erwische ihn gerade noch, als er die Tür schließen will.

»Warte mal!«, rufe ich außer Atem und Sami dreht sich mit überraschter Miene um.

Vor lauter Aufregung habe ich glatt vergessen, was ich sagen wollte.

»Also ... ich, äh ... hab deinen Englisch-Aufsatz gelesen! Also, äh ... ich meine korrigiert!«

Samis rechte Augenbraue wandert steil nach oben und gibt mir zu verstehen, dass er meine Ansage sehr suspekt findet. Er bleibt jedoch stumm und wartet offenbar darauf, dass ich fortfahre. Mit einem Winken der Hand fordere ich ihn auf, mir in das Wohnzimmer zu folgen, wo der Englisch-Aufsatz noch auf der Couch liegt. Ich hebe ihn auf und drücke ihn jetzt noch aufgeregter an meine Brust, bis das Papier leise raschelt.

In einer Fortbildung für meine Arbeit habe ich mal gelernt, dass man beim Feedback-Geben immer zuerst etwas Positives sagen soll, bevor man zu den negativen Punkten kommt. Eigentlich habe ich gar nichts Negatives anzumerken, aber Sami soll schließlich nicht wissen, dass mein Englisch alles andere als abiturreif ist, daher muss ich so tun, als wäre mir ein Fehler aufgefallen. Schnell werfe ich nochmal einen Blick auf die mit Bleistift eingekringelte Textstelle.

»Zuerst muss ich sagen, dass ich echt beeindruckt bin, wie gut du Englisch kannst und was für komplizierte Texte du auf Englisch schreibst!«, sage ich schnell.

Sami mustert mich mit ausdrucksloser Miene, weshalb es schwer ist zu erraten, was gerade in seinem Kopf vorgeht. Vielleicht nimmt er mein Kompliment nach so vielen Streitereien nicht ernst. Ich bin mir unsicher, möchte aber unbedingt, dass er mein Lob annimmt. Zur Sicherheit lege ich noch etwas nach.

»Außerdem finde ich es toll, wie mutig die jungen Leute heutzutage für ihre Rechte einstehen und was sie sich für Gedanken um Gott und die Welt machen! Zu meiner Zeit war das jedenfalls nicht üblich.«

Sami hört mir schweigend zu und verzieht keine Miene. Nervosität steigt in mir hoch. Ich beginne zu stottern.

»Eine, äh … eine Passage in deinem Aufsatz fand ich besonders toll. Wie hast du nochmal geschrieben?«

Ich halte den mittlerweile völlig zerknitterten Aufsatz vor meine Augen und suche hektisch zwischen den Zeilen. Ah ja, da steht es ja!

»The women decided to sue the misogynistic politicians they had previously demonstrated«, lese ich vor und versuche möglichst akzentfrei zu sprechen, was mir eindeutig misslingt.

Ich blicke Sami ins Gesicht und warte auf eine Reaktion. Auf ein Dankeschön vielleicht, weil ich mir die Mühe gemacht habe, seinen Aufsatz zu lesen. Oder auf eine Frage, ob mir der Text gefallen hat. Ein leichtes Nicken wäre auch schon okay.

Sami betrachtet mich mit erhobenen Augenbrauen und sagt dann trocken: »Es heißt ›demonstrated against‹.«

Wie bitte? Verdutzt schaue ich Sami an. Hat er mich gerade schon wieder korrigiert?

Sami räuspert sich und wiederholt nochmal: »The women decided to sue the politicians they had previously demonstrated against.«

»Das klingt aber irgendwie falsch«, sage ich, weil mir gerade nichts Besseres einfällt.

»Ein Verb kann nicht ohne seine Präposition verwendet werden«, sagt Sami und seufzt dabei auf, als hätte ich mich beim kleinen Einmaleins verrechnet.

Wieder mal kann ich beobachten, wie blanke Wut in mir hochsteigt. Jetzt nehme ich mir extra die Zeit, Sami bei seinen Hausaufgaben zu helfen und als Reaktion bekomme ich nur Undankbarkeit zu spüren. Die Wut kocht. Sehr heiß diesmal. Wie die Feuer von Mordor, würde ich mal schätzen.

»Alexa, was heißt ›neunmalklug‹ auf Englisch?«, rufe ich erbost in den Raum.

Alexa sagt etwas, aber ich kann es nicht hören, weil da nur Rauschen in meinen Ohren ist. Samis Kommentar hingegen höre ich sehr wohl.

»Wie kann man in einem Reisebüro arbeiten und kein Englisch können??«

»Du kannst natürlich alles, du britische Mutante!«, fauche ich.

»Mit dir zusammenzuleben ist eine echte Zumutung!«, schreit Sami zurück.

Jetzt schreie ich auch.

»Das sollten wir dann wohl ändern! Alexa, ruf das Jugendamt an!«

Nachdem ich so geschrien habe, ist es drei Sekunden lang totenstill. Drei ewig dauernde Sekunden, in denen Sami und ich uns in die Augen sehen und darauf warten, dass einer von uns klein beigibt. Dann ertönt plötzlich ein Anrufsignal. SHIT!!!

Ich springe mit zwei großen Schritten zum anderen Ende der Couch und werfe mich auf die gepolsterte Rückenlehne, hinter der das Alexa-Modem versteckt ist. Panisch ziehe ich das Kabel aus der Steckdose, bevor da wirklich jemand abhebt und das Tuten hört schlagartig auf. Mit dem Kabel in der Hand drehe ich mich um und sehe Sami, der mich mustert, als hätte ich nicht mehr alle Tassen im Schrank.

Genug ist genug, so ein Verhalten kann ich mir nicht bieten lassen!

»Für deinen vorlauten Kommentar kriegst du Hausarrest und Greta darf dich bis zum Sommer nicht mehr besuchen kommen!«, rufe ich schrill.

Meine Stimme ist brüchig und mein Kopf mittlerweile feuerrot angelaufen. Sami blickt mich einen kurzen Moment lang mit offenem Mund an. Dann bricht er in schallendes Gelächter aus. Zuerst weiß ich nicht, was es da zu lachen gibt, doch dann wird mir plötzlich die Absurdität der Strafe bewusst. Hausarrest im Lockdown? Besuchsverbot bei Kontaktbeschränkungen? Genauso gut könnte ich ihm ab sofort verbieten, schneller als 40 km/h zu rennen.

Mein Kopf rattert und mein schwer demoliertes Ego verlangt nach Rache. Dann kommt mir eine Idee.

»Dann werfe ich deine Playstation in den Müll und all deine Spiele gleich hinterher!«

Samis Lachen verstummt schlagartig und er sieht aus, als hätte man ihm gerade sein Eis weggenommen. Wie in Zeitlupe kann ich sehen, dass sich sein Gesicht zu einer bösen Miene verzieht. Er atmet tief ein und schnaubt dann wie ein wütender Stier.

»Du bist ein elender Kontrollfreak!«, zischt er.

»Und du ein linksversiffter Möchtegern-Diktator!«

»Ich hasse dich!«, schreit Sami dann und darauf weiß ich keine Antwort mehr.

Mit einer dramatischen Geste imitiert Sami ein Mic Drop und verlässt dann mit polternden Schritten das Wohnzimmer. Ich höre, wie er die Tür zu seinem Zimmer so fest zuschlägt, dass ein paar Glassplitter aus dem bereits zersprungenen Einsatz zu

Boden fallen. Dann ist es still. In der linken Hand halte ich den nun völlig zerknüllten Aufsatz, in der rechten die Überreste von Alexa. In meinen Ohren rauscht das Blut und plötzlich fühle ich mich sehr, sehr müde.

Eine Stunde später halten meine Hände ein altes Nerf-Gewehr und einen kaputten Finger Spinner in der Hand. Ausgediente Spielsachen, die ihr Dasein in unserem Kellerabteil fristen. Hier unten ist es kühl und die Luft riecht nach feuchten Wänden und rostigen Wasserrohren. So circa sieht es gerade auch in meinem Inneren aus. Die Pappkartons, die vor mir stehen, sind angefüllt mit altem Zeug, das mal Sami und mir gehört hat, für das sich aber heute niemand mehr interessiert. Zeit, hier mal gründlich auszumisten.

Ich nehme eine schwarze Mülltüte und schmeiße das Spielzeuggewehr und den Finger Spinner kurzerhand hinein. Danach folgen noch drei alte Bilderrahmen, ein Paar zu klein gewordene Schlittschuhe und ein alter Blumentopf mit bunten Streifen. Im Sack ist noch jede Menge Platz, aber er wiegt bereits jetzt mehrere Kilo. Umständlich lege ich ihn neben meinen Füßen ab. Samis alte Sachen bringen mich zum Grübeln.

Nach unserem Streit bin ich in den Keller gelaufen, um der plötzlich unerträglichen Enge unserer Wohnung zu entkommen. Wutentbrannt habe ich begonnen, alte Kartons auszuräumen, ohne wirklich zu wissen, was ich da eigentlich tue. Erst eine halbe Stunde später, als ich bereits in einem Meer aus Gerümpel stand, hat mich meine Zurechnungsfähigkeit langsam wieder eingeholt. Meine Wut war zu diesem Zeitpunkt verraucht und hat stattdessen einer großen Traurigkeit Platz gemacht.

Sami und ich haben uns oft gestritten in letzter Zeit, aber selten so heftig. Das letzte Mal, dass wir uns beide ein derartiges Schreiduell geliefert haben, war vor etwa einem Jahr im ersten Lockdown. Damals ging mir Sami wegen irgendeiner Kleinigkeit ungeheuerlich auf die Nerven, weswegen es immer lauter zwischen uns wurde, bis ein Nachbar von unten an die Decke geklopft hat. In einer Kurzschlussreaktion habe ich das WLAN-Passwort geändert, so dass Sami keine TikTok-Videos mehr anschauen konnte. Sami hat zuerst einen monströsen Terz veranstaltet und dann eine Woche lang nicht mehr mit mir gesprochen.

In einem Versuch, unsere Beziehung zu kitten, habe ich schließlich bei einer Ratgeber-Hotline für Erziehungsfragen angerufen. Und nach zweieinhalb Stunden Wartezeit, bei der ich zu den Klängen von Mozarts »Kleiner Nachtmusik« durch den Raum getanzt bin, hat sogar jemand abgehoben.

Ein netter junger Mann war dran und dem habe ich von unseren Streitigkeiten berichtet. Bei meiner Schilderung, wie Sami verzweifelt immer und immer wieder den WLAN-Router rebootet, hat er sich zuerst schlapp gelacht. Dann jedoch ist er sehr ernst geworden. Mit seriöser Stimme hat er auf mich eingeredet.

»Hören Sie nicht auf miteinander zu reden! Und versuchen Sie, schöne Dinge miteinander zu machen!«, hat er voller Elan gesprochen.

»Schöne Dinge?«, habe ich ganz perplex gefragt.

Was genau sind denn »schöne Dinge«?

»Na, unternehmen sie halt mal was zusammen.

Gehen Sie gemeinsam wandern, oder kochen Sie zusammen Ihr Lieblingsgericht. Egal was. Versuchen Sie, Ihre Konflikte durch etwas Positives wieder wettzumachen! Und ganz wichtig: Sprechen Sie miteinander!«

Sehr erstaunt habe ich aufgelegt. Miteinander sprechen? Das kriege ich vielleicht noch hin. Aber welche Interessen teilen sich ein Siebzehnjähriger und seine 38-jährige Mutter? Der Rat jedoch hat mir eingeleuchtet und mit neuem Mut habe ich versucht, das Kriegsbeil zwischen mir und Sami zu begraben. Sami durfte sich ein neues WLAN-Passwort aussuchen und ich durfte mir im Gegenzug wieder seine Vorträge über Nachhaltigkeit und Co. anhören.

Dann haben wir nach Aktivitäten gesucht, die wir gemeinsam machen könnten. Wandern im Winter ist nicht so mein Ding, daher schied das von vornherein aus. Auch Kochen ist ein heikles Thema bei uns. Wenn man sich nicht schon bei der Wahl der Lebensmittel in die Haare kriegen will, lässt man lieber die Finger davon.

Schließlich habe ich eingewilligt, mit Sami eine Runde »Fortnite« auf seiner Playstation zu spielen. Wie man sich für Frauenrechte einsetzen und gleichzeitig jemand gnadenlos niederballern kann, ist mir heute noch schleierhaft. Nach fünf Runden, in denen Sami mir vergeblich versucht hat, die Steuerung beizubringen, hat er schließlich kapituliert. Wahrscheinlich hätten wir zur Abwechslung auch mal gewonnen, hätte ich mich an den Kämpfen beteiligt, anstatt mich in einem virtuellen Gebüsch zu verstecken.

Da ich offensichtlich kein Talent für »Fortnite« besitze, hat Sami mir das Spiel »Don't Starve Together«

vorgeschlagen. Dabei muss man zu zweit in einer feindseligen Umwelt überleben. Leider habe ich mich auch hier nicht allzu begabt gezeigt. Anfangs bin ich binnen kürzester Zeit verhungert, einmal wurde ich von einer Riesenlibelle erschlagen und zweimal von Monsterhunden zerfleischt.

Nachdem ich wohl nicht für eine Gamer-Karriere in Frage komme, haben wir uns auf Samis Vorschlag hin schließlich ein Spike Ball-Set angeschafft. Bei Spike Ball muss man einen kleinen Ball in ein Netz auf dem Boden werfen. Der Ball wird dann zurückkatapultiert und der andere Spieler muss ihn wieder in das Netz schießen. Genau, ich hätte das lieber auch nicht gewusst. Jedenfalls stand das Netz eine Woche lang im Wohnzimmer vor meiner Schlafcouch. Das Netz ist übrigens sehr elastisch und man kann es wunderbar als Fußhocker verwenden. Dann gingen während einer besonders heftigen Runde Spike Ball ein paar Bilder und eine Zimmerpflanze zu Bruch und seither steht das Set wieder zusammengeklappt in irgendeiner Ecke.

Das alles wäre natürlich einfacher, wenn wir keinen Lockdown hätten. Dann hätten wir viel mehr Möglichkeiten, zusammen etwas Schönes zu machen. Ich erinnere mich, dass wir vor der Pandemie zu Samis fünfzehntem Geburtstag ein Escape Room-Spiel veranstaltet haben. Zusammen mit Samis besten Freunden sind wir an einen Ort gegangen, wo es solche Escape Rooms gibt, und haben uns dort in ein Zimmer voll mit altem Schrott einsperren lassen. Zuerst hätte ich ja nicht gedacht, dass vier Fünfzehnjährige hier irgendetwas auf die Reihe kriegen. Tatsächlich aber haben sie sich sehr gut geschlagen und bis auf zwei Rätsel alle Aufgaben selbst gelöst.

Ich könnte mich heute noch schlapp lachen, wenn ich daran zurückdenke, wie die Jungs vor einem alten Telefon mit Wählscheibe gestanden haben, unfähig, die Wählscheibe richtig zu bedienen. Mit offenen Mündern haben sie mir dann zugesehen, wie ich schließlich den Code eingegeben habe. Wahrscheinlich sind sie dann zum Schluss gekommen, ich muss mindestens so alt wie ein Mammut sein.

Beim anderen Rätsel ging es darum, in all dem Schrott eine versteckte Botschaft zu finden. Die Jungs haben gesucht wie verrückt, aber nichts gefunden. Schlussendlich haben sie vor einem angelaufenen Spiegel gestanden und sich ratlos angeguckt. Sami hielt einen alten Putzlappen in der Hand. Dass man den Schmutz vom Spiegel wischen musste, um die Botschaft darunter zu finden, darauf wären sie von selbst wohl nie gekommen.

Während ich einiges von dem Gerümpel wieder in die Kartons zurückräume, schwelge ich in diesen alten Erinnerungen. Irgendwie sehne ich mich zurück in die Zeit, wo Sami noch klein war und sich sein Schimpfwortrepertoire noch auf die Worte »Mama ist blöd!« beschränkt hat. Ich muss an die Fotos im Wohnzimmer denken. An den kleinen Sami, der fröhlich in die Kamera grinst und an den Sami, der strahlend ein Zitroneneis in der Hand hält. Meine Augen werden seltsam feucht.

Als Sami noch in den Kindergarten ging, haben wir vor dem Schlafengehen abends zusammen auf meiner Schlafcouch gekuschelt. Sami nannte mich neckisch »Mama-Schleim« und er war mein kleiner Baby-Bär, der in meinem Schoß gelegen hat und den ich streicheln und füttern musste. Heute würde Sami Mama-Schleim mühelos hochheben und durch die

Gegend tragen. Und wenn er schreit, dann mit tiefer und klangvoller Stimme. Nichts ist geblieben von unserem kleinen Mutter-Sohn-Idyll. Heute würde sogar die Supernanny schreiend vor uns davonlaufen.

Jetzt bin ich endgültig deprimiert. Ich beschließe, das Ausmisten bleiben zu lassen und räume die rumliegenden Sachen wieder zurück in ihre Kartons. Noch einmal kommt mir der junge Mann von der Hotline in den Sinn und sein Rat, gemeinsam etwas Schönes zu machen. Ich werde Sami heute wohl nicht mehr dazu überreden können, mit mir zu kochen, aber immerhin kann ich ja vielleicht etwas Leckeres für ihn zaubern. Die Linsenbratlinge fallen mir wieder ein und mit neuem Mut beschließe ich, sie fürs Abendessen zuzubereiten.

Nachdem die Kellertür wieder verschlossen ist, stapfe ich die Treppen hinauf zurück in die Wohnung. Ich öffne die Eingangstür und schleiche auf Zehenspitzen an Samis Zimmer vorbei. Im Vorratsschrank in der Küche liegt noch ein angebrauchtes Päckchen roter Linsen und im Kühlschrank findet sich ein etwas schlapp gewordener Salat. Ich hole beides heraus und beginne, die Linsenbratlinge zu machen. Durch die Wand kann man hören, wie Sami auf seinen zehn Quadratmetern Privatsphäre sein Unwesen treibt.

Während ich die Bratlinge forme und dann nacheinander in Olivenöl anbrate, spielt Alexa wieder Jazz für mich. Ich lege zwei Teller und Besteck auf den Esstisch und summe zu den sanften Klaviertönen. Damit alles etwas schicker wirkt, kommen noch ein paar übrig gebliebene Servietten mit Weihnachtsmotiven neben das Besteck.

Als ich nach einer halben Stunde noch das Dressing für den Salat zubereite, ist plötzlich das Geräusch von Glasscherben zu hören, die über den Boden geschoben werden. Ich erstarre in meiner Bewegung. Sami hat wohl gerade die Tür geöffnet und sein Zimmer verlassen. Mein Puls beschleunigt sich und Nervosität macht sich in meinem Magen breit. Etwas heftiger als nötig schüttle ich den Salat mit dem Dressing durch und hoffe inständig, dass ich einen neuerlichen Streit vermeiden kann.

Die Tür geht auf und Sami tritt herein. Er sieht mich kurz an, setzt sich dann aber wortlos an den Esstisch. Mit zittrigen Händen hole ich zwei Gläser aus der Vitrine über der Spüle und schenke uns eine Apfelschorle ein. Als ich Sami sein Glas hinstelle, murmelt er verstohlen ein Dankeschön.

Nachdem die Bratlinge serviert sind, sitzen wir zu zweit am Tisch und machen uns wortlos über das Essen her. Die Bratlinge sind hervorragend geworden – außen kross und innen fluffig und gut gewürzt. Sami verspeist alles in großen Happen und isst etwa neun Zehntel des Salats. Meine Nervosität hat sich wieder etwas gelegt. In der Enge der Küche wirkt Sami noch größer und schlaksiger als sonst. Ich beobachte verstohlen aus den Augenwinkeln, wie er in großen Zügen sein Glas leert und dann augenscheinlich zufrieden wieder zurück auf die Tischplatte stellt. Seit unserem Streit hat er kein Wort mehr gesprochen, aber seine entspannte Körperhaltung signalisiert, dass ihm nicht mehr nach einer neuen Auseinandersetzung zu Mute ist.

Während ich überlege, was Sami wohl gerade durch den Kopf geht, steht er plötzlich auf und sammelt die leeren Teller ein. Zu meiner Überraschung öffnet er die Spülmaschine und räumt die beiden Teller und das Besteck ein.

»Ich kann das auch spülen!«, sage ich hastig.

Ich möchte mich unbedingt versöhnlich zeigen und Sami vermitteln, dass mir der Streit vorhin leidtut. Auch, wenn ich dafür einen widerlichen Spülschwamm in die Hand nehmen muss.

»Nee, passt schon. Du hast ja Recht mit dem Geschirrspüler«, sagt Sami und dreht mir dabei den Rücken zu.

Äh, wie bitte?

Sami wischt sich die Hände an einem Geschirrtuch sauber und verschwindet ohne weiteren Kommentar in Richtung Badezimmer. Sanft schließt sich die Tür und hinterlässt in der Küche eine ungewohnte Stille.

»Alexa, hast du das gerade gehört?«, frage ich.

Alexa antwortet nicht. Ich glaube, es hat ihr vor lauter Staunen eine Sicherung rausgehauen.

Die Frau schreit laut auf, als sie ins Meer fällt, wo bereits ein mutierter Monsterhai darauf wartet, sie zu verspeisen. Die andere Frau auf dem Felsbrocken bricht in Tränen aus, als sie sieht, wie der Monsterhai ihre Freundin in Stücke reißt. Dramatische Musik ertönt und untermalt die ausweglose Situation der Gestrandeten.

Während die Frau schniefend ihre Tränen wegwischt und mit großem Pathos schwört, am Leben zu bleiben, betritt Sami plötzlich das Wohnzimmer. Seine Haare sind feucht und er trägt seine Schlafhose und ein Unterhemd. Kurz blickt er auf den Fernseher und setzt sich dann neben mich auf die Couch, wo ich in meine Bettdecke gekuschelt wieder einen Haifilm schaue. Ich nehme das eine Ende der Decke und lege es ihm über die nackten Füße.

Sami murmelt etwas und verfolgt dann mit neugierigen Blicken, wie der Monsterhai seine Runden um den Felsbrocken dreht. Seine feuchten Haare riechen nach Shampoo und sein linkes Bein drückt leicht gegen meines. Ich halte ihm das Popcorn hin, das ich mir als Snack zum Film vorbereitet habe. Sami greift in die Schüssel und stopft sich den Inhalt seiner Faust in den Mund.

Als Sami klein war, hatte er eine Phase, in der er ausschließlich Popcorn gegessen hat. Er ist zu dieser Zeit in den Kindergarten gegangen und seine Erzieherin hat nicht schlecht gestaunt, als Sami seine Brotzeitbox geöffnet hat und plötzlich Popcorn rausgequollen kam. Die Phase hat einen ganzen Monat lang angehalten und mich fast um den Verstand gebracht, weil das Kind nichts zu essen hatte, wenn mal kein Popcorn daheim war. Seither ist Popcorn ein Grundnahrungsmittel in unserem Haushalt und daran hat sich auch fast fünfzehn Jahre später nichts geändert. Zumindest das ist gleichgeblieben.

Während wir gemeinsam Popcorn futtern und den Haifilm schauen, macht sich ein sanftes Gefühl von Mütterlichkeit in mir breit. Da sitzt er – mein Sohn, der bald in die Welt hinausgehen und sein eigenes Leben leben wird. Lockdown hin oder her, die Zeit mit ihm ist zu wertvoll, um ihm noch länger böse zu sein. Ich kaue auf einem Maiskorn herum und hoffe inständig, dass Sami ebenfalls nicht mehr an unseren Streit denkt. Unauffällig schaue ich über meine rechte Schulter und sehe Samis mampfendes Profil im Schein des Fernsehers. Schwer zu sagen, was in seinem Kopf vorgeht.

Als der Film zu Ende ist und der Abspann erscheint, ist es schon nach elf Uhr. Sami steht auf und streckt gähnend seine Arme. Mit einem Schritt tritt er an mich heran und drückt mir einen Kuss auf die Stirn.

»Ich geh schlafen«, sagt er und hebt dann ein runtergefallenes Zierkissen auf.

Plötzlich tritt ein schelmisches Grinsen auf sein Gesicht.

»Gute Nacht, Mama-Schleim!«

Ich muss lachen.

»Gute Nacht, Babybär!«